Impressum:
© 2023 Maria Roth
Herstellung und Verlag: BoD – Books
on Demand, Norderstedt
ISBN: 9783756851225

1.Kapitel

„Vanessa wach' auf! Vanessa wach'
endlich auf! Vanessa jetzt wach'
endlich auf!"
Vanessa richtete sich schlaftrunken in
ihrem Bett auf. Im Zimmer war es
stockdunkel. Schlief sie noch? War
das ein Traum? Das Kind knipste die
Nachttischlampe an, die den Raum
nur spärlich erhellte. Das ist sicher ein
Traum, dachte Vanessa, als sie auf
ihren Wecker sah. Mitternacht war
gerade vorbei. Sie knipste das Licht
aus und wollte sich unter die Decke
kuscheln, als erneut eine Stimme
ertönte:
„Vanessa bitte nicht schlafen!"
Jetzt war Vanessa hellwach. Erneut
knipste sie die Nachttischlampe an
und glaubte ihren Augen nicht zu
trauen. Im Lichtkegel saß eine kleine
Maus.
„Das hat jetzt aber lange gedauert, bis
du endlich wach geworden bist,"
ertönte erneut die Stimme.
Was ist hier los, wunderte sich
Vanessa und die Situation bereitete ihr

Angst. Sie dachte an das Monster im Schrank, vor dem sie sich bis vor Kurzem noch gefürchtet hatte. In so mancher Nacht war sie in das Bett ihrer Eltern gekrochen, weil sie große Angst hatte. Sollte das Monster zurückgekommen sein?

„Ich bin zwar klein, aber du kannst mich trotzdem beachten," hörte Vanessa erneut die Stimme.

„Wer sprich mit mir," erwiderte Vanessa und fürchtete sich sehr. „Ich habe Angst!"

„Na, ich werde dir sicher nichts tun. Bin ja viel zu klein," sagte die Stimme. Sollte es die Maus sein, die zu ihr sprach? Vanessa konnte nicht glauben, dass ihre Vermutung richtig war.

„Wer bist du," fragte sie mutig.

„Ich bin eine Maus. Was ist das für eine blöde Frage," antwortete die Stimme ärgerlich.

„Eine Maus kann doch nicht sprechen. Das ist nur ein Traum," sagte Vanessa.

„Ich kann sehr wohl sprechen und ich bin auch kein Traum," entgegnete die Stimme.

Vanessa erschrak, als sie verstand, dass die Maus wirklich mit ihr sprach. „Wie ist es möglich, dass eine Maus sprechen kann," fragte sie verwundert.

„Das ist doch jetzt völlig egal. Ich kann halt sprechen und du musst mir helfen," sagte die Maus.

Jetzt war Vanessa endgültig wach. Sie blickte in den Lichtkegel und sah eine Maus, die auf den Hinterbeinen stand und zu ihr hochblickte. Sie hatte keine Ahnung, wie sie mit dieser Situation zurechtkommen konnte. Eine Maus, die mit ihr sprach. Das geschah sicher nicht jeden Tag! Einen Traum schloss Vanessa aus. Sie war hellwach.

„Was soll ich tun," fragte das Mädchen.

„Lange Geschichte, aber du bist die Einzige, die helfen kann. Fangen wir mal so an: Du kennst doch bestimmt die Regenbogenbrücke und das Land hinter der Regenbogenbrücke," sagte die Maus und sprang auf Vanessas Bett.

„Ja, als unser Hund starb, hat meine Mutter gesagt, er sei über die Regenbogenbrücke gegangen und lebe jetzt in einem wunderschönen Land, wo er nie wieder Schmerzen haben wird," entgegnete Vanessa. Die Gedanken an den geliebten Hund, der vor einiger Zeit gestorben war, machte sie sehr traurig.

„Genau Tiere, die sterben, gehen über die Regenbogenbrücke in ein wunderschönes Land. Die Tiere, die bei den Menschen gewohnt haben, warten dort, bis ihre Menschen zu ihnen kommen," berichtete die Maus.

„Was passiert mit den Tieren, wenn es die Regenbogenbrücke nicht mehr gibt? Die Vorstellung ist furchtbar!"

„Was tun Tiere, die nicht bei Menschen gelebt haben," fragte Vanessa.

„Die leben einfach so im Land hinter der Regenbogenbrücke," erwiderte die Maus. „Mein Name ist Fridolin, damit du weißt, mit wem du es zu tun hast."

„Freut mich Fridolin, aber wie kann ich dir helfen," entgegnete Vanessa.

„Also, es gibt ein großes Problem mit dem Regenbogen. Die Menschen verpesten die Luft und verschmutzen die Natur. Die Tiere sind in großer Not und wir Wildtiere wissen nicht mehr, wo wir leben sollen. Ja, und weil das alles so furchtbar ist, hat der Regenbogen gesagt, er möchte nicht mehr in seinen schönen Farben erstrahlen. Tja, und jetzt kommen wir zu dem größten Problem. Wenn der Regenbogen seine Farben verliert, stürzt die Regenbogenbrücke ein. Kein Tier kann je wieder in das wunderschöne Land. Die Leiden, die manche Tiere in ihrem Leben erfahren müssen, nehmen so kein Ende," erzählte die Maus.

„Das ist wirklich schlimm," entgegnete Vanessa. „Wie aber soll ich das verhindern?"

„Keine Ahnung, ich weiß nur, dass ich kleine Maus das nicht verhindern kann. Du bist ein großes Menschenkind, das schlau ist und eine Lösung finden kann," erwiderte die Maus.

Vanessa war sprachlos. Hier wurde ein riesengroßes Problem an sie herangetragen und sie hatte keine Idee, was sie tun konnte.

„Wir machen uns auf den Weg und versuchen jemanden zu finden, der uns helfen kann," schlug Fridolin vor.

„Was sollen meine Eltern denken, wenn ich morgen früh nicht in meinem Zimmer bin," protestierte Vanessa.

„Kein Problem. Die werden davon nichts mitbekommen. Ab jetzt bleibt  die Zeit stehen und sie wird erst weiterlaufen, wenn wir eine Lösung gefunden haben," sagte Fridolin.

„Das ist gespenstisch," antwortete Vanessa und machte sich daran, ihren Schlafanzug gegen Hosen, Pullover und Schuhe zu tauschen.

Draußen erwartete sie tiefe Dunkelheit. Zu Vanessas Überraschung brannte keine Straßenlaterne. Ob das immer so war, konnte sie nicht sagen. Noch nie war sie zu dieser späten Stunde durch die Straßen gelaufen. Das Kind hatte große Angst. Was war das für eine seltsame Nacht. Sie lief durch die dunklen Straßen mit einer Maus, die sprechen konnte, in einer Zeit, die stehen geblieben war. Wer würde ihr jemals diese Geschichte glauben?

Von rechts tauchte eine stattliche grauweiße Katze auf.

„He, kannst bitte mal stehenbleiben? Wir haben eine Frage an dich," piepste Fridolin.

„Bist du irre," schrie Vanessa. „Die Katze wird dich mit einem Happen verspeisen!"

„Was willst du von mir. Ich habe keine Zeit," antwortete die Katze zu Vanessas großer Überraschung.

„Die Regenbogenbrücke ist in großer Gefahr, weil der Regenbogen beschlossen hat, den Menschen nicht mehr seine Farben zu zeigen," berichtete Fridolin der Katze.

„Das ist eine Katastrophe," entgegnete die Katze. „Wo soll ich arme Straßenkatze hin, wenn meine Zeit auf dieser Erde zu Ende ist?"

„Wir müssen eine Lösung finden! Kannst du uns helfen," fragte Fridolin.

„Ich kann's versuchen, obwohl ich keine Ahnung habe, was wir tun können," entgegnete die Katze.

„Da sind wir schon zu dritt," mischte sich Vanessa in das Gespräch. Warum wundere ich mich nicht über eine sprechende Katze, die sich mit einer Maus unterhält, dachte sie.

„Wie ist dein Name," fragte Fridolin die Katze. „Ich bin Fridolin und das ist Vanessa.

„Max, die Frau, die mir Futter gibt, nennt mich Max," entgegnete die Katze.

„Du wohnst nicht bei Menschen," wunderte sich Vanessa.

„Ne, wie schon gesagt bin ich eine Straßenkatze. Ein Zuhause habe ich nicht," sagte die Katze.

„Das tut mir leid für dich. Ich hatte einen Hund, der gestorben ist. Ich vermisse ihn so sehr," sagte Vanessa traurig.

„Schön für deinen Hund. Er hatte ein Zuhause. Die Frau, die mich füttert, würde mich sicher auch vermissen, aber sie versorgt so viele Katzen, da wäre ich bestimmt schnell vergessen," erwiderte Max traurig.

„Warum hat die Frau so viele Katzen. Meine Mutter hat immer gesagt, dass ein Hund reicht, weil er viel Geld kostet," wunderte sich Vanessa.

„Unsere Mel hat viele Katzen. Denke mal so um die zwanzig. Wenn ich da nicht schnell genug an der Futterstelle bin, habe ich Pech. Das Futter ist dann weg," entgegnete Max.

„Es reicht mit eurem Schwätzchen. Wir haben schließlich allerhand zu tun," mischte sich Fridolin in ihr Gespräch.

„Schon gut, aber noch eine Frage. Warum wirst du von Max nicht

gefressen? Das tun doch Katzen,"
fragte Vanessa verwundert.

„Stimmt jetzt, wo du das erwähnst.
Eigentlich hätte ich schon Hunger auf
einen kleinen Snack, aber eine innere
Stimme sagt mir, dass ich das nicht
tun sollte," antwortete Max ratlos.

„Ne, das solltest du wirklich nicht tun.
Der Regenbogen verliert seine Farben
und die Regenbogenbrücke droht
einzustürzen. Muss ich noch mehr
erklären," sagte Fridolin.

„O, das ist furchtbar. Was können wir
tun? Wenn die Regenbogenbrücke
einstürzt, wartet auf mich nach
meinem harten Streunerleben kein
schönes Leben," entgegnete Max
traurig.

„Eben, wir müssen etwas
unternehmen," sagte Fridolin.
Sie setzten sich auf die Erde und
dachten lange nach. Es wollte und
wollte ihnen keine Lösung einfallen.
Die Zeit verging nicht. Vanessa fühlte
sich in einer fremden Welt gefangen.
Alles war still. Keine Autos fuhren
durch die Straße und Menschen
waren auch nicht unterwegs. Eine

gespenstige Nacht, dachte Vanessa immer wieder. Sie wollte zurück in ihr Bett, doch das Kind ahnte, dass das nicht möglich war. Sie war gefangen in dieser Nacht. Was würde passieren, wenn sie keine Lösung finden konnten? Musste sie dann für immer mit der Katze und der Maus hier auf dem Bürgersteig sitzen? Vanessa war sehr überrascht, als es am Horizont zu dämmern begann.

„Es wird hell," sagte das Mädchen erstaunt zu seinen Gefährten.

Fridolin und Max sahen sie verständnislos an.

„Ist das jetzt etwas Außergewöhnliches," fragte Max.

„Fridolin hat gesagt, dass die Zeit stehen bleibt," entgegnete Vanessa verwundert.

„Ja, in deiner Welt bleibt die Zeit stehen. Hier läuft sie weiter," erklärte Fridolin mit einem genervten Unterton.

„Das verstehe ich nicht," antwortete Vanessa nun völlig verwirrt.

„Überleg' doch Mal, wenn es in deiner Welt Morgen würde, was wären deine

Eltern besorgt, wenn du nicht in deinem Bett liegst," erklärte Max.

Vanessa schwieg. Sie verstand das alles nicht. Was war das für eine Nacht. Je länger sie über das Gesagte nachdachte, umso deutlicher wurde die bittere Wahrheit. Vanessa war gefangen in einer fremden Welt und, wenn es ihr nicht gelang, die Lösung zu finden, würde sie ihre Familie und ihre Freunde nie wiedersehen.

Plötzlich kullerten Tränen über ihre Wangen.

„Na, na, wer wird denn heulen," ertönte Fridolins Stimme.

„Komme ich je wieder in mein Zuhause," schluchzte das Kind.

„Nicht weinen," versuchte Max sie zu trösten. „Sobald wir eine Lösung gefunden haben, kannst du zurück in dein Bett."

„Was passiert, wenn wir keine Lösung finden," fragte Vanessa ängstlich die Katze.

„Keine Ahnung," erwiderte Max. „Ich schätze Mal, dann ist alles verloren und für dich gibt es kein Zurück mehr."

Vanessa trocknete ihre Tränen. Die Aussicht, für immer in dieser Welt gefangen zu sein, hatte ihren Kampfgeist geweckt.

„Wen könnten wir um Rat fragen," fragte sie und blickte ihre tierischen Gefährten erwartungsvoll an.

„Nun, ja, an unserer Futterstelle lebt eine alte Katze, die so ziemlich alles weiß. Vielleicht könnten wir sie um Rat fragen," überlegte Max laut.

Weder Vanessa noch Fridolin hatten eine bessere Idee und so folgten sie Max zu seiner Futterstelle. Dieser Versuch war besser als nichts zu tun. Als sie endlich Max Futterstelle erreichten, hatte sich der Himmel rot gefärbt. Der wunderschöne Sonnenaufgang versprach einen sonnigen Tag. Max verschwand in der Tür eines Schuppens und kam wenig später mit einer Katze zurück.

„Das ist Elli," sagte er. „Elli, du musst uns helfen. Der Regenbogen verliert seine Farben und die Regenbogenbrücke droht einzustürzen."

„Waaas, das ist ja furchtbar," erwiderte Elli. „Meine Zeit auf dieser Erde ist fast vorbei. Ich hatte ein wirklich hartes Leben und die Aussicht, im Regenbogenland ein glückliches Leben führen zu können, hat mir geholfen, das alles zu ertragen. Warum verliert der Regenbogen seine Farben?"

„So genau weiß ich das nicht," entgegnete Fridolin. „Man munkelt, dass der Regenbogen die Menschen bestrafen will, weil sie so schlimme Dinge tun."

„Wie sollen wir eine Lösung finden, wenn wir das Problem nicht kennen," wunderte sich Vanessa.

„Das war auch mein Gedanke," sagte Elli. „Du bist ein schlaues Kind. Wir müssen herausfinden, warum der Regenbogen seine Farben nicht mehr zeigen möchte. Erst dann können wir eine Lösung finden."

„Aber wer soll uns da Auskunft geben," antwortete Max entmutigt.

„Als ich vor ein paar Jahren von einem Auto angefahren wurde und glaubte zu sterben, war ich auf dem Weg zur

Regenbogenbrücke. Ich erinnere mich an eine Wächterin, die den Zugang der Brücke bewacht. Die könnten wir fragen," sagte Elli.

„Das ist eine gute Idee," freute sich Fridolin. „Machen wir uns auf den Weg."

„Der Weg ist weit und ich bin mir nicht sicher, ob ich die Regenbogenbrücke finden kann," entgegnete Elli.

„Versuchen wir's!"

Das Kind, die Katzen und die Maus machten sich auf den weiten, beschwerlichen Weg, der sie bergauf und bergab führte. Bald waren sie erschöpft. Hunger und Durst plagten sie. Sie setzten sich ins Gras, um auszuruhen. Wie sollten sie an Nahrung kommen? Fridolin hatte unterwegs ein paar Krümel Brot gefunden und seinen größten Hunger gestillt. Als sie sich aufrafften und weitergingen, sahen sie einen Teich, an dem sie ihren Durst stillen konnten. Am Ufer des Teiches saßen zwei Kinder mit ihren Eltern, die ein Picknick machten. Vanessa nahm all ihren Mut zusammen und ging zu der Familie.

„Entschuldigen Sie, wir haben großen Hunger," sagte sie zu den Eltern.

„Vielleicht haben sie etwas zu essen für uns."

Die Kinder und ihre Eltern waren sehr erstaunt über das Mädchen, das mit zwei Katzen und einer Maus um etwas Essen bat, doch sie hatten ein gutes Herz und teilten ihr Mahl mit ihnen.

„Warum bist du alleine unterwegs? Wo sind deine Eltern," fragte die nette Frau.

„Ich muss den Tieren helfen. Die Regenbogenbrücke ist in Gefahr," entgegnete Vanessa und dachte im gleichen Augenblick, dass die Familie ihre Aussage sehr verwundern würde.

„Davon habe ich gehört," erwiderte die Frau zu Vanessas Überraschung. „Die Menschen haben alles getan, um die Natur zu zerstören. Sie haben die Tiere gequält und getötet. Jetzt ist alles zu spät." Die Frau senkte traurig den Kopf.

„Das ist das Problem," mischte sich Fridolin in ihr Gespräch. „Die

Menschen sind dumm und verstehen nicht, dass sie nicht nur uns Tiere töten, sondern ihren eigenen Lebensraum zerstören."

„Mama müssen wir sterben," fragte das kleine Mädchen ängstlich.

„Keine Sorge, mein Schatz, es gibt immer noch Menschen, die alles tun, damit uns nichts geschieht," sagte die Mutter schnell. Sie bereute das Gesagte, das ihre Kinder in Angst und Schrecken versetzte.

Vanessa, die es kaum glauben konnte, dass sich hier Menschen und Tiere unterhielten, als wäre das völlig normal, sagte:

„Wir werden alles tun, damit die Regenbogenbrücke nicht einstürzt. Eigentlich macht das doch überhaupt keinen Sinn, denn damit würde man die Tiere und die Menschen, die sie lieben, bestrafen."

„Komm' lass uns weitergehen," sagte Max.

Sie bedankten sich bei der netten Familie und setzten ihren Weg fort.

„Ich wollte das jetzt nicht vor den armen Kindern sagen, aber wir Tiere werden bald keine Regenbogenbrücke mehr brauchen," sagte Max traurig.

„Wie, meinst du das," fragte Elli.

„Es wird bald keine Tiere mehr geben. Damit sollen die Menschen bestraft werden," erwiderte Max. „Das sagt unsere Mel immer, wenn ich bei ihr liege. Sie ist dann immer ganz traurig."

„Das wäre die gerechte Strafe für die Menschen," erwiderte Fridolin. „Aber wir wollen nicht sterben und die Menschen, die den Tieren helfen wollen auch nicht, dass die Tiere sterben."

„Genau, und darum müssen wir versuchen, die Regenbogenbrücke zu retten," sagte Vanessa entschlossen.

„Ich bin alt und habe viel Leid erlebt, bevor ich Mel gefunden habe, die ein wundervoller Mensch ist. Ob die Liebe von Menschen wie Mel reicht, um die Tiere zu retten, weiß ich nicht" sagte Elli.

„Wir werden alles tun," erwiderte Fridolin entschlossen.

Sie setzten ihren Weg fort, bis Elli erschöpft war. Die alte Katze legte sich ins Gras und war augenblicklich eingeschlafen. Vanessa, Max und Fridolin setzten sich zu ihr. Sie waren in Sorge wegen Elli. Konnte die alte Katze den weiten Weg schaffen? Was sollten sie aber tun, wenn Elli nicht weitergehen konnte? Niemand von ihnen kannte den Weg.

Nach einer endlosen Zeit, wie es Vanessa erschien, öffnete Elli ihre Augen. Mühsam stand sie auf. Jeder Knochen tat ihr weh, doch sie setzte sich tapfer in Bewegung. Inzwischen plagte sie erneut der Hunger.

„Zu Hause bei Mel gibt es jetzt Futter," sagte Max.

„Ja, es wäre schön, bei Mel zu sein," erwiderte Elli.

„Ihr wollt doch nicht zurück," fragte Fridolin.

„Das könnt ihr nicht tun," sagte Vanessa. „Ohne Elli können wir den Weg nicht finden. Ich werde versuchen, etwas Essen für uns zu finden."

„Wir werden euch nicht im Stich lassen," antwortete Elli. „Ohne mich würdet ihr den Weg nicht finden. Nur

alte, weise Tiere wissen den Weg zur Regenbogenbrücke."
Vanessa beschloss zu den Häusern zu gehen, die an ihrem Weg standen. Vielleicht würde ihr ein Mensch, der dort wohnte, helfen. Sie nahm allen Mut zusammen und klingelte an einem der Häuser. Ein Mann öffnete ihr. Das Kind erzählte dem Mann von ihrem Anliegen und ihrer Absicht, die Regenbogenbrücke zu retten."
„Ich habe nichts für euch und die Regenbogenbrücke ist mir auch egal," schnauzte der Mann Vanessa an, bevor er die Tür zuwarf.
Erschrocken ging Vanessa weiter. Sie zögerte lange, an der nächsten Tür zu klingeln. Das Haus war wunderschön und hatte einen gepflegten Vorgarten. Die Frau, die Vanessa öffnete, war noch unfreundlicher als ihr Nachbar. Sie konnte keine Tiere leiden und Katzen überhaupt nicht, weil sie immer ihre Hinterlassenschaften im Garten entfernen musste. Die Frau schlug Vanessa die Tür vor der Nase zu. Enttäuscht wollte Vanessa zu Elli, Max und Fridolin zurückgehen, als sie am

Ende der Straße ein Haus zwischen Bäumen hervor spitzen sah. Als sie näher ging und durch die Sträucher blickte, sah sie ein altes Haus, das von einem verwilderten Garten umgeben war. Sollte sie es hier versuchen? Vanessa nahm erneut all ihren Mut zusammen. Sie musste riskieren, einem weiteren unfreundlichen Menschen zu begegnen, der ihr nichts zu essen gab. Das Kind klingelte an dem alten Haus. Aus der Nähe war alles noch viel verkommener.

Ein alter Tisch mit mehreren Stühlen stand auf dem hinteren Teil einer Terrasse. Jetzt sah Vanessa den alten Mann, der auf einem der Stühle saß und offensichtlich schlief. Plötzlich hob der Mann den Kopf.

„Was willst du hier," fragte er unwirsch.

„Bitte entschuldigen Sie. Wir haben großen Hunger. Ich wollte Sie nach etwas Essen fragen," antwortete Vanessa und war schon zum Gehen bereit. Dieser unfreundliche Mensch würde ihnen sicher nicht helfen.

Zu Vanessas Überraschung stand der Mann auf und kam zu ihr.

„Wer ist bei dir? Ich sehe nur dich," sagte er.

„Schauen Sie, dort sind Elli, Max und Fridolin," sagte Vanessa und zeigte auf die beiden Katzen und die Maus, die nur wenige Meter vom Haus warteten.

„Zwei Katzen und eine Maus? Warum bist du mit ihnen ohne Essen unterwegs," fragte der Mann verwundert.

Vanessa erzählte ihre Geschichte von dem Moment an, als sie im Bett wach wurde und Fridolin bei ihr saß.

„O ja, das ist sehr traurig. Die Menschen werden es niemals verstehen! Ich mag keine Menschen und gehe ihnen aus dem Weg, wo ich nur kann," erwiderte der Mann und Vanessa hörte Bitterkeit in seiner Stimme.

Sie war ein Kind, doch ihre Lehrerin sprach in der Schule oft über das Artensterben und versuchte die Kinder dazu zu motivieren, etwas dagegen zu tun. Vanessa war mit Feuereifer dabei, als sie mit der Lehrerin Nistkästen bauten und sie an einem Waldweg aufhängten. Traurig dachte Vanessa an das letzte Frühjahr, als böse Menschen ihre Nistkästen zerstörten. Sie waren alle so traurig. Die Lehrerin hatte versucht, sie zu trösten. Gemeinsam hatten sie neue Nistkästen gebaut und erneut aufgehängt. Leider waren keine Vögel gekommen. Die Brutzeit hatte begonnen. Die Vögel waren sicher aus Angst vor den bösen Menschen nicht gekommen, dachte Vanessa, während sie dem alten Mann gegenüberstand. Sie hatte keine Angst vor ihm, sah die Traurigkeit in seinem Gesicht und wusste instinktiv, dass er ein guter Mensch war.

„Vielleicht könnt ihr es schaffen, die Tiere zu retten," sagte er nach einer Pause, doch seine Aussage klang wenig überzeugt. „Setzt euch hin. Ich gehe und hole etwas Essbares für euch."

Nach kurzer Zeit kam der Mann zurück. Endlich konnten sie ihren Hunger stillen.

„Der Weg zur Regenbogenbrücke ist sehr weit," sagte der alte Mann. Zusammen saßen sie an dem alten Tisch.

„Sie kennen den Weg," fragte Elli überrascht.

„Ja, ja, ich kenne den Weg. Ihr könnt' du zu mir sagen. Das tun alle. Ich bin Franz. Den größten Teil meines Lebens habe ich mit Tieren verbracht. Ich habe ihnen ein Zuhause gegeben, wenn sie von Menschen auf die Straße gesetzt wurden, war bei ihnen, wenn ihnen nicht mehr viel Zeit blieb, weil Menschen ihnen schlimme Dinge angetan hatten. Ich habe viele Tiere zur Regenbogenbrücke begleitet. Ich kenne den Weg gut," sagte der alte Mann traurig. „Im Haus sind meine beiden alten Hunde, die ich vor dem Tod bewahrt habe und jeden Tag kommen Katzen zu meinem Haus, die ich füttere. Für mich wird es bald Zeit werden, diese Welt zu verlassen. Die Aussicht, dass ich alle meine tierischen Gefährten treffen werde, hat mich immer getröstet, wenn ich über die Menschen nachgedacht habe. Wer wird jetzt auf mich warten?"

„Nicht traurig sein," erwiderte Vanessa und war tief betroffen von der Geschichte des alten Mannes. „Wir werden alles daran setzten und die Regenbogenbrücke retten!"

„Das hoffe ich sehr," entgegnete der alte Mann. „Ihr seid meine einzige Hoffnung. Das, was an der Regenbogenbrücke geschieht, ist schrecklich."

„Was passiert denn an der Regenbogenbrücke," fragte Vanessa verwundert.

„Ich wollte es ja niemandem erzählen, aber ich denke, für euch wäre das wichtig," erwiderte der alte Mann. „Vor ein paar Wochen hatte ich einen Traum und ich bin sicher, dass es kein Traum war. Alles war so real. Ich saß in meinem alten Sessel hier auf der Veranda. Plötzlich bekam ich Schmerzen in der Brust und es wurde schwarz vor meinen Augen. Als ich das Bewusstsein wiedererlangte, sah ich mich auf der Veranda sitzen oder besser gesagt, ich sah meinen Körper dasitzen. Ich fühlte mich unbeschwert und endlich frei von allen Schmerzen und der Last des Lebens."

„Das ist gespenstisch," sagte Fridolin. „War das dein Tod? Hattest du keine Angst?"

„Nein, ich hatte keine Angst. Im Gegenteil! Alles war wundervoll und ich wusste, dass ich jetzt zur Regenbogenbrücke gehen würde. Zu meiner großen Überraschung waren meine Hunde bei mir. Ihnen ging es genauso gut wie mir. Sie waren ohne Schmerzen und liefen freudig vor mir her, als wir uns auf den Weg zur Regenbogenbrücke machten. Endlose Stunden vergingen, bis wir unser Ziel erreichten, doch was soll ich euch erzählen. Eine böse alte Hexe verwehrte uns den Weg über die Regenbogenbrücke. Die Brücke sei gesperrt, weil sie drohe einzustürzen, sagte sie zu mir. Ihr schauriges Lachen tönte noch in meinen Ohren, als ich auf meiner Veranda erwachte. Das war ein Traum, dachte ich, doch als ich heute eure Geschichte hörte, wurde mir klar, dass es nicht nur ein

Traum war," erzählte der alte Mann seine Geschichte zu Ende.

„Wie wäre es, wenn du mitkommst," fragte Vanessa voller Hoffnung.

„Nein Kind, meine Hunde würden den weiten Weg nicht schaffen und auch für mich wäre das sicher nicht möglich," entgegnete Franz.

Das Kind und seine tierischen Gefährten setzten ihren Weg fort. Sie folgten Elli, die offensichtlich den Weg zur Regenbogenbrücke kannte. Nach endlosen Stunden wurden sie sehr müde und legten sich ins Gras.

„Elli, du bist sicher, dass wir den richtigen Weg gehen," fragte Vanessa die alte Katze.

„Ja, ja, ich kenne den Weg gut," entgegnete Elli.

„Woher kennst du den Weg so genau, Elli," fragte Max.

„Ich war schon dort. Vor ein paar Monaten, als mich das böse Auto überfuhr. Meine Schmerzen waren urplötzlich verschwunden und ich war ganz schnell an der Regenbogenbrücke. Das habe ich euch doch schon erzählt" sagte Elli.

„Aber du bist nicht über die Regenbogenbrücke gegangen," stellte Vanessa fest.

„Nein, ich hörte Mel weinen und klagen, als sie meinen Körper auf der Straße sah. Ich beschloss zu ihr zurückzugehen und alle Schmerzen, die ich in den nächsten Wochen erleiden musste, für Mel zu ertragen," erwiderte Elli. „Gehen wir weiter. Ich habe nicht mehr viel Zeit."

Geplagt von Hunger und Durst setzten sie ihren weiten Weg fort. Wieder klingelte Vanessa an Häusern auf ihrem Weg und bat, um etwas zu essen, doch sie hatte kein Glück. Die Menschen waren misstrauisch und abweisend. Niemand wollte ihnen die Tür öffnen. Erschöpft machten sie Rast unter einem Apfelbaum. Vanessa und Fridolin aßen von den Äpfeln, während Max und Elli versuchten, die ein oder andere Maus zu erhaschen. Es wurde dunkel. Sie legten sich auf die Erde und waren sofort eingeschlafen.

Vanessa erwachte in einer dunklen Nacht, weil der Hunger sie quälte. Als

sie sich umsah, wunderte sie sich
sehr. Sie hatten sich unter einem
Apfelbaum, der auf einem Feld stand,
schlafen gelegt. Weit und breit war
kein Haus. Das war jetzt anders.
Vanessa erblickte die Lichter einer
Stadt, die nicht weit von ihnen weg zu
sein schien. Fridolin, Max und Elli
waren inzwischen auch wach. Ihnen
erging es wie Vanessa. Der Hunger
wütete in ihren Eingeweiden.
„Wäre ich doch nur bei Mel geblieben,"
jammerte Elli. Der alten Katze fielen
die vielen Strapazen ihrer Reise
immer schwerer. Jetzt nach dem
Aufwachen taten Elli alle Knochen
weh.
„Ich werde zu der Stadt gehen und
versuchen, etwas Essen für uns
aufzutreiben," sagte Vanessa.
„Ich werde nach Mäusen für Elli und
mich jagen," sagte Max. „Bleib du hier
und ruhe dich aus, Elli."
„Das ist eine gute Idee, Max. Ich
werde Vanessa begleiten," erwiderte
Fridolin.
Die Stadt war nicht so nah, wie
Vanessa dachte. Als die Lichter

näherkamen, sahen sie, dass eine Einkaufspassage vor ihnen lag. Menschen eilten an ihnen vorbei, ohne ihnen auch nur einen Blick zuzuwerfen. Sie trugen viele Tüten und Taschen und fanden es nicht verwunderlich, dass ein kleines Mädchen um diese Zeit alleine unterwegs war. Vanessa nahm all ihren Mut zusammen und ging in ein Geschäft, um nach Essen zu fragen. Die Frau hinter dem Ladentisch sah sie verwundert an.

„Wir sind ein Bekleidungshaus. Hier gibt es nichts zu essen," sagte sie unfreundlich.

Vanessa verließ den Laden. Fridolin, der sich in Vanessas Jackentasche versteckt hatte, sagte:

„Hier werden wir nichts zu essen bekommen. Diese Menschen denken nur an sich und an ihre Einkäufe."

Vanessa musste Fridolin zustimmen, doch sie wollte noch nicht aufgeben. Als sie weitergingen, sah sie einen Mann mit langen Zottelhaaren und einem ebenso langen Bart auf einer Holzbank sitzen. Vor ihm stand ein

Einkaufswagen, der aber keine
Einkäufe enthielt, sondern mit
Kleidung und allerhand Krimskrams
vollgepackt war. Seine Kleidung war
alt und zerschlissen. Vanessa sah,
dass der Mann aus einer Tüte ein
Brötchen nahm und sich dieses
schmecken ließ. Es war nur ein
einfaches Brötchen mit Kernen, doch
Vanessa lief das Wasser im Mund
zusammen. Was hätte sie für dieses
Brötchen gegeben! Unangenehm
machte sich das laute Knurren ihres
Magens bemerkbar. Das Kind nahm
all seinen Mut zusammen und ging zu
dem Mann.
„Hätten Sie ein Brötchen für mich,"
fragte das Kind.
Der Mann beachtete sie nicht. Erst als
Vanessa ihre Frage etwas lauter
stellte, blickte er sie an. Seine Augen
waren blau. Ein wacher Blick musterte
Vanessa von oben bis unten.
„Warum bist du nicht zu Hause? So,
wie es sich für Kinder um diese
Uhrzeit gehört," fragte der Mann.

„Ich bin auf dem Weg zur Regenbogenbrücke," erwiderte Vanessa.

„So, so unterwegs zur Regenbogenbrücke. Hat sich wohl jetzt bei allen herumgesprochen, dass da etwas nicht in Ordnung ist," brummte der Mann und blickte Vanessa interessiert an.

„Ja, und ich werden die Regenbogenbrücke retten," erwiderte Vanessa und blickte verlangend zu dem Brötchen, welches der Mann in seiner Hand hielt.

„Ach herje, da hast du dir aber etwas vorgenommen," erwiderte der Mann.

„Hier nimm' die Tüte. Da sind Brötchen und Brezeln drin. Ich hatte schon genug. Am Abend bekomme ich in der Bäckerei da drüben immer die Reste. Für mich ist da viel zu viel." Der Mann reichte Vanessa die Tüte. Schnell lief das Kind zurück. Elli und Max warteten auf einer Grünfläche am Rande der Einkaufspassage. Als Vanessa ankam, musste sie feststellen, dass Elli und Max bereits satt waren. Elli und Max hatten eine

alte Frau getroffen, die Katzen fütterte.
Sie hatten sich dankbar den Magen
vollgeschlagen. Fridolin, der seinen
Weg alleine fortgesetzt hatte, konnte
etwas Obst in der Einkaufspassage
ergattern und seinen Hunger stillen.
Ein Stück von Vanessas Brötchen
passt aber noch in seinen Bauch. So
konnte Vanessa endlich ihren Hunger
stillen. Nie in ihrem Leben hatten
trockene Brötchen so lecker
geschmeckt.
Nachdem der Hunger gestillt war,
berichtete Vanessa von dem Mann,
der ihr die Brötchen geschenkt hatte.
„Hast du ihn nach dem Weg zur
Regenbogenbrücke gefragt," wollte Elli
wissen.
„Nein, warum," wunderte sich
Vanessa. „Du kennst doch den Weg."
„Vielleicht gibt es einen kürzeren. So
langsam bin ich sehr erschöpft,"
seufzte Elli.
„Ich werde noch einmal zu dem Mann
gehen und ihn fragen," erwiderte
Vanessa.

2. Kapitel

Vanessa ging erneut zu der Bank in der Einkaufspassage. Der Mann mit den langen Haaren und dem genauso langen Bart war weg. Das Kind blickte sich ratlos um. Die Einkaufspassage war nicht groß. Schnell lief Vanessa Richtung Hinterausgang. Von dem Mann fehlte jede Spur. Enttäuscht ging Vanessa zurück zu der Holzbank. Ein großer schlaksiger Mann und eine kleine kugelrunde Frau hatten auf der Bank Platz genommen. Sie unterhielten sich lautstark.

„Entschuldigen Sie bitte," sprach Vanessa die beiden an. „Haben Sie einen Mann mit langem Haar und einem langen Bart gesehen?"

„Ottwin? Der ist weg," sagte die kleine kugelrunde Frau.

„Sie kennen den Mann," fragte Vanessa erstaunt.

„Klar, der ist jeden Tag hier am Betteln und wir sind auch jeden Tag hier," antwortete jetzt der Mann. „Ich bin Rudi Sorglos, falls dich das interessiert und das ist Anita Heutenicht."

„Ich bin Vanessa, aber warum sind eure Namen so seltsam," fragte Vanessa und musste lachen. „So seltsame Namen hatte sie noch nie gehört!"

„Ich wusste doch, dass du uns nicht leiden kannst. Wir sind halt behindert. Das finden die meisten doof," sagte der Mann und seine Stimme klang ärgerlich.

„Aber warum soll ich euch nicht leiden können. Ich habe euch doch erst kennengelernt und dass ihr behindert seid, habe ich überhaupt nicht bemerkt," beeilte sich Vanessa zu sagen.

„Du hast nicht gesehen, dass wir behindert sind," mischte sich die kleine kugelrunde Frau in das Gespräch.

„Nein, das ist mir nicht aufgefallen. Ich habe mich nur über eure Namen gewundert. Das war bestimmt nicht böse gemeint," erklärte Vanessa.

„Ich werde dir das Mal glauben," sagte Rudi Sorglos. „Also pass' auf. Rudi Sorglos und Anita Heutenicht sind nicht unsere richtigen Namen. Wir wohnen in so einem Heim für Behinderte. Mich nennen die dort Rudi Sorglos, weil ich mich, wie die sagen, um nichts kümmere. Was natürlich Blödsinn ist. Ich kümmere mich vielleicht nicht um die Dinge, die für die wichtig sind. Zimmer putzen, früh aufstehen, solche Sachen halt. Darauf habe ich keine Lust," erklärte Rudi.

„Okay, das habe ich verstanden," schmunzelte Vanessa. „Was hat es mit Anita Heutenicht auf sich. Ich habe da so eine Ahnung."

„Da liegst du sicher richtig. Wenn Anita etwas arbeiten soll, sagt sie immer heute nicht. Die ist stinkefaul, kann ich dir sagen," sagte Rudi.

„Das stimmt überhaupt nicht. Ich bin nicht faul. Du bist faul", schimpfte Anita.

„Bitte nicht streiten," versuchte Vanessa zu vermitteln. „Könnt ihr mir sagen, wann der Mann zurückkommt?"

„Keine Ahnung," erwiderte Rudi. „Was willst du denn von ihm?"

Vanessa erzählte den beiden ihre Geschichte und erntete verständnislose Blicke.

„Ich habe noch nie einen Regenbogen gesehen und es ist mir auch egal, ob der seine Farben verliert," sagte Anita. „Aber, wenn die Regenbogenbrücke einstürzt, können die Tiere nicht mehr ins Regenbogenland und im schlimmsten Fall wären alle Tiere verschwunden," sagte Vanessa traurig. „Mögt ihr Tiere?"

„Keine Ahnung, wir haben keine Tiere im Heim. Dort ist es nur stinklangweilig," erwiderte Rudi. Vanessa sah ein, dass dieses Gespräch sie nicht weiterbrachte und verabschiedete sich von den beiden. Zurück bei ihren Freunden erzählte Vanessa von der merkwürdigen Begegnung mit Anita und Rudi.

„Das bringt uns nicht weiter," seufzte Elli. „Der Weg ist so weit und ich hatte die Hoffnung, dass uns der Mann, der schon viele Jahre auf der Straße lebt, einen Rat geben kann."

„Mhm, woher weißt du, dass der Mann auf der Straße lebt," fragte Vanessa verwundert.

„Ach Vanessa, das sind die Erfahrungen eines langen Lebens," erwiderte Elli und Vanessa hörte an Ellis Stimme, wie erschöpft sie war. „So, wie du den Mann beschrieben hast, konnte das nur ein Mensch sein, der kein Zuhause hat. Wir müssen weiter. Der Weg ist noch so lang."

Schweigend setzten sie ihren Weg fort. Sie waren schon mehrere Stunden gelaufen, als Elli sich plötzlich erschöpft ins Gras legte.

„Ich kann nicht mehr. Ihr müsst ohne mich weitergehen. Ich werde euch den Weg beschreiben und ihr lasst mich hier zurück," sagte die alte Katze erschöpft.

„Das kommt überhaupt nicht infrage," empörte sich Vanessa. „Hier bleibt niemand zurück und schon überhaupt nicht du, Elli. Der Rückweg ist so weit und ich hätte große Angst, dass dir etwas zustößt."

„Du bist ein liebes Kind, Vanessa, aber ohne mich kommt ihr viel schneller voran," entgegnete Elli. „O nein, wir gehen zusammen zur Regenbogenbrücke," sagte Vanessa entschlossen. Sie beugte sich herab zu Elli und nahm die alte Katze vorsichtig auf den Arm. Elli kuschelte sich voller Vertrauen in Vanessas Arme.

Vanessa und ihre Gefährten setzten ihren Weg fort, bis Vanessa nicht mehr weiterlaufen konnte. Sie war zum Umfallen müde und ihre Arme, die Elli hielten, taten weh. So suchten sie nach einer geeigneten Stelle, um sich auszuruhen. Sie entdeckten einen kleinen Bach, an dessen Ufer ein großer Apfelbaum stand. Erschöpft ließen sie sich unter dem Apfelbaum nieder, nachdem sie ihren Durst am Bach gestillt hatten. Das Wasser war herrlich klar und schmeckte köstlich, genauso köstlich wie die Äpfel, die unter dem Baum lagen. Max, der immer noch voller Energie war, schickte sich an, nach Mäusen zu suchen, während sich Vanessa, Elli und Fridolin unter dem Apfelbaum zur Ruhe betteten. Vanessa fielen fast augenblicklich die Augen zu.

„Alles ist so furchtbar. Was soll ich jetzt nur tun. Ich bin verloren!"
Eine tiefe, laute Stimme riss Vanessa aus dem Schlaf. Verwirrt blickte sie sich um. Max, der inzwischen zurück war, Elli und Fridolin lagen neben ihr und schliefen. Das habe ich geträumt, dachte Vanessa und schloss erneut ihre Augen.

„Wer kann mir nur helfen. Es ist alles so furchtbar," ertönte erneut die Stimme. Elli, Max und Fridolin waren nun ebenfalls wach und blickten Vanessa ratlos an.

„Wo bist du," rief Vanessa, die dachte, dass ein Tier in Not sie um Hilfe bat.

46

„Ich bin über dir und unter dir und neben dir. Ich bin überall," ertönte die merkwürdige Stimme.

„Aber ich kann dich nicht sehen. Sag' mir, wo du genau bist," erwiderte Vanessa und dachte, dass hier vielleicht ein Rätsel zu lösen war, das ihnen helfen konnte, schneller zur Regenbogenbrücke zu gelangen. In der Schule hatte ihnen die Lehrerin oft Rätsel aufgegeben und wenn sie diese lösen konnten, hatte sie ihnen die Hausaufgaben erlassen. Vielleicht war es hier genauso und die Lösung würde sie schneller an ihr Ziel bringen.

„Schau' doch genau hin. Ich bin hier überall und ich habe euren Schlaf beschützt," erwiderte die Stimme.

„Der Baum spricht mit uns," stellte Fridolin fest, als sei das eine völlig normale Angelegenheit.

„Der Baum spricht mit uns," wunderte sich Vanessa.

„Ja, der Baum spricht mit euch. Es ist sehr unhöflich, über mich zu sprechen, als wäre ich nicht da," ertönte die Stimme.

„Tut mir leid," entgegnete Vanessa.
„Noch nie in meinem Leben hat ein
Baum mit mir gesprochen."
„Das ist keine Kunst bei deinem
kurzen Leben," erwiderte der Baum.
„Wenn du hundert Jahre auf dieser
Welt bist, wird dich das auch nicht
mehr wundern."
Vanessa schwieg lieber. Der Baum
war offensichtlich kein einfacher
Geselle, aber vielleicht konnte er
ihnen helfen. So war es bestimmt
besser, jetzt nichts mehr zu sagen,
was den Baum verärgern konnte. Max,
Elli und Fridolin schwiegen ebenfalls.
Sie spürten, genauso wie Vanessa,
dass der Baum mit seiner Erfahrung
eine große Hilfe sein konnte.
„Du bist ja auch nur ein dummer
Mensch. Wie kannst du meine Not
verstehen? Nein, das kann ein
dummer Mensch nicht," pöbelte der
Baum weiter.
„Es tut mir leid, wenn es dir nicht gut
geht," sagte Vanessa. „Aber, wenn du
mir nicht sagen willst, was dein
Problem ist, kann ich dir ganz
bestimmt nicht helfen."

„Was mein Problem ist? Sag' ich doch, du bist nur ein dummer Mensch. Menschen denken, dass sie alle Probleme dieser Welt lösen können und dabei machen sie alles nur noch schlimmer. Was ich da schon alles erlebt habe," sagte der Baum und wurde immer ärgerlicher.

„Vanessa ist nicht wie andere Menschen," meldete sich Fridolin zu Wort.

„Ich habe lange nach ihr gesucht. Sie kann mit den Tieren sprechen und sie kennt auch deine Sprache. Sie kann doch kein Mensch wie alle anderen sein."

„Nun gut, nun gut, so gesehen hast du vielleicht recht, aber sie wird mein Problem nicht lösen können," erwiderte der Baum und seine Stimme klang etwas freundlicher.

„Versuchen wir das einfach," sagte Vanessa mutig.

„Also pass' auf. Im Frühling, wenn meine Äste neue Blätter und wunderschöne Blüten tragen, sind die Bienen gekommen, um an meinen Blüten zu naschen und die Samen weiterzutragen," erzählte der Baum. „Im letzten Frühling sind nur wenige Bienen gekommen. Deswegen tragen meine Zweige jetzt kaum Äpfel. Die Vögel haben sich nicht mehr auf meinen Zweigen ausgeruht oder ihre Nester gebaut. Ja, und jetzt tragen meine Äste nur wenige Früchte und ich stehe einsam hier. Nur selten kommt ein Tier vorbei, um meine Früchte zu essen. Ich fühle mich so verlassen und habe Angst, vor lauter Einsamkeit zu sterben."

„Aber wo sind die Tiere hin," fragte Vanessa, die ahnte, dass der Baum ihr seine Sorgen offenbarte.

„Die Menschen haben die böse Hexe, die die Regenbogenbrücke bewacht, verärgert, weil sie keine Wertschätzung für die Tiere dieser Erde haben. So hat die böse Hexe beschlossen, dass der Regenbogen seine Farben verliert und sie will die Regenbogenbrücke zerstören. Sie möchte die bösen Menschen bestrafen und ihnen alle Tiere wegnehmen, damit sie in einer tiefen

Einsamkeit verzweifeln," berichtete der Baum.

„Mach' dir keine Sorgen, lieber Baum," sagte Elli. „Fridolin hat nach Vanessa gesucht, damit sie die Regenbogenbrücke rettet."

„Das sind edle Absichten, aber ich denke, alles ist verloren. Wenn keine Tiere mehr zu mir kommen, ist alles zu spät. Das ist mir in meinem langen Leben noch nie passiert. Vanessa wird die böse Hexe nicht umstimmen. Sie hat das Vertrauen in die Menschen verloren," sagte der Baum traurig.

„Vanessa wird es schaffen," sagte Elli voller Zuversicht. „Sie ist ein ganz besonderes Kind, das hinter die Dinge blicken kann und uns Tieren Respekt entgegenbringt."

„Das hoffe ich so sehr," entgegnete der Baum und seine Stimme klang leise. „Wenn die Tiere von der Erde verschwinden, werden auch wir Pflanzen nicht mehr überleben und die Menschen werden nicht mehr da sein. Die Erde wird ein dunkler, lebloser Ort sein, an dem kein Lebewesen existieren kann."

„Gehen wir weiter," sagte Vanessa.
„Der Weg ist noch weit. Elli, kannst du ein Stück laufen?"

„Ja, ich kann wieder laufen. Die Pause hat mir gutgetan. Hoffen wir, dass ich es schaffe, so lange durchzuhalten, bis ich über die Regenbogenbrücke gehen kann."

„Du wirst es schaffen, Elli. Was würde Mel sagen, wenn du nicht zurückkommst? Sie wäre so traurig und ich auch," sagte Max.

„Meine Zeit ist fast vorbei. Das spüre ich," sagte Elli. „Lasst uns weitergehen."

Sie verabschiedeten sich von dem Baum und setzten den Weg fort. Als die Nacht kam, legten sie sich unter einen Baum und schliefen. Vanessa und Fridolin aßen, bevor sie schliefen, von den trockenen Brötchen, die Vanessa aufbewahrt hatte und Max ging auf die Mäusejagd, damit Elli und er nicht hungern mussten.

Als der Morgen dämmerte, wurden sie von Regen geweckt, der auf sie niederprasselte. Nass und hungrig setzten sie ihren Weg fort, bis sie zu einem Fluss kamen.

„Wir müssen den Fluss überqueren," sagte Elli. „Der Weg bis zu einer Brücke ist viel zu weit. Meine Kräfte schwinden immer mehr. Einen Umweg kann ich nicht schaffen."

„Wie sollen wir über den Fluss kommen," erwiderte Max entsetzt. „Ich werde nicht schwimmen und außerdem ist der Fluss viel zu breit."

„Vanessa wird eine Lösung finden," sagte Fridolin zuversichtlich.

„Was soll ich tun? Der Fluss ist sehr breit und auch ich kann ihn nicht überqueren. Ich werde dich zu der Brücke tragen, Elli," erwiderte Vanessa und ihre Stimme war voller Verzweiflung.

„Das ist nicht die Lösung, Vanessa," sagte Elli. „Der Weg ist zu weit und wir verlieren viel zu viel Zeit. Ich habe nicht mehr viel Zeit."

„Aber was soll ich tun," rief Vanessa und Tränen kullerten über ihre Wangen. „Ich bin doch nur ein Kind und kann dieses Problem sicher nicht lösen."

„Schon vergessen, du musst eine Lösung finden. Ohne dich ist alles verloren," entgegnete Fridolin und seine Stimme klang jetzt sehr unfreundlich.

„Wäre ich doch nur in meinem Bett geblieben," jammerte Vanessa. Regen prasselte herab und sie suchten Schutz unter einem Baum.

„Wo ist Max," fragte Vanessa und blickte in ratlose Gesichter.

„Keine Ahnung," erwiderte Elli. „Hoffentlich lässt der Regen bald nach, aber auch wenn es nicht aufhört zu regnen, müssen wir über den Fluss. Es gibt keinen anderen Weg!"

„Aber Elli, wie sollen wir das schaffen," schluchzte Vanessa verzweifelt. „Der Fluss ist viel zu breit. Wir können nur zu der Brücke gehen."

„Vanessa, hast du es nicht verstanden? Der Weg zu der Brücke ist viel zu weit. Wir verlieren zu viel Zeit," entgegnete Fridolin und Vanessa hörte den Ärger in seiner Stimme, was sie noch mehr zum Weinen brachte. Was sollte sie nur tun?

So schnell der Regen begonnen hatte, ließ er auch nach. Es fielen nur noch wenige Tropfen zur Erde und am Horizont sahen sie einen Regenbogen. Vanessa erschrak. Sie hatte noch nicht oft einen Regenbogen gesehen, doch sie wusste, dass seine Farben viel intensiver waren.

„Schau Vanessa, der Regenbogen verliert seine Farben," sagte Elli mit trauriger Stimme.

Max kam zu ihnen zurück. „Stellt euch vor, ich habe eine großartige Entdeckung gemacht. Ein Stück flussaufwärts gibt es ein kleines Haus und ein Boot. Wir müssen nur hingehen und den Menschen, dem das Boot gehört, bitten, uns über den Fluss zu bringen," berichtete Max und war voller Tatendrang.

Elli, Fridolin und Vanessa folgten Max zu dem Haus am Fluss. Vanessa klopfte voller Hoffnung an die Tür. Vielleicht wohnte der Besitzer des Bootes in diesem Haus. Niemand öffnete die Tür und Vanessa klopfte lauter, was aber zu keinem Erfolg führte.

„Gehen wir um das Haus. Vielleicht ist jemand im Garten;" sagte Max und lief los.

Tatsächlich war im Garten ein Mann, der damit beschäftigt war, Äpfel vom Baum zu pflücken.

„Es gibt kaum Äpfel in diesem Jahr," hörten sie den Mann sagen, obwohl kein anderer Mensch in der Nähe war.

Vanessa nahm allen Mut zusammen und ging zu dem Gartenzaun.

„Es gibt keine Äpfel, weil im Frühling wenige Bienen gekommen sind, um die Blüten zu bestäuben," sagte sie zu dem Mann, der erstaunt in ihre Richtung blickte.

„Stimmt, ich habe im Frühling kaum Bienen gesehen," erwiderte der Mann nachdenklich. „Wer bist du?"

Vanessa nannte ihren Namen und erzählte dem Mann ohne Umschweifen ihre Geschichte.

„Ja und jetzt brauchen wir ein Boot, das uns über den Fluss bringt," beendete Vanessa ihre Geschichte.

Der Mann blickte Vanessa ungläubig an. Schnell erfasste er das geschilderte Problem und sein Gesicht war voller Sorge, als er sagte: „Werde ich jetzt nie wieder Äpfel ernten können? Was ist mit meinen anderen Bäumen und dem Gemüse in meinem Garten? Ich habe kein Geld, um die teuren Lebensmittel zu kaufen! Wie soll ich ohne Obst und Gemüse nur überleben?"

„Das sind wirklich große Probleme," sagte Vanessa. „Ohne Tiere können die Menschen nicht überleben."

„Genau und das haben die immer noch nicht verstanden," erwiderte Fridolin böse. „Die dummen Menschen sind doch nur damit beschäftigt, uns Tiere auszurotten. Sie hassen uns Mäuse und tun alles, um uns den Garaus zu machen."

„Ich mag alle Tiere," sagte der Mann. „In meinem Garten sind so viele Tiere unterwegs. Nie würde ich ihnen etwas tun. Das ist so ungerecht, dass ich jetzt auch keine Äpfel mehr ernten kann!"

„Jammern bringt uns jetzt nicht weiter," schaltete sich die weise Elli in das Gespräch ein. „Wir werden versuchen, die Hexe umzustimmen und die Tiere zu retten. Ich glaube, so langsam verstehen die Menschen, was sie auf der Erde angerichtet haben."

„Hoffen wir das Beste. Ich werde euch gerne über den Fluss bringen, aber das Boot ist alt und ich habe es seit Jahren nicht mehr benutzt. Hoffen wir, dass es noch seinen Dienst tut," antwortete der Mann.

Gemeinsam gingen sie zu dem Boot. Der Mann prüfte seinen Zustand und zum Glück war das Boot in Ordnung. Alle kletterten in das Boot und der Mann begann zu rudern. Der Fluss war an dieser Stelle sehr breit und es dauerte lange, bis sie das andere Ufer erreichten. Inzwischen begann es dunkel zu werden und neuer Regen hatte eingesetzt. Vanessas Kleidung war nass, sie fror und war müde. Elli, Max und Fridolin ging es genauso. Der weite Weg und die Entbehrungen an Futter setzten ihnen zu. Max und Elli, die ihr Futter von Mel erhielten, vermissten die regelmäßigen Mahlzeiten. Sie machten sich große Sorgen um ihre Mel, die sicherlich ganz verzweifelt war, weil sie Elli und Max nirgends finden konnte.

„Wenn euch euer Weg flussaufwärts führt, werdet ihr zu dem Haus von Anna kommen. Sie ist eine gute Seele und wird euch bestimmt ein Nachtlager und Essen geben," sagte der Mann.

„Danke für den Tipp," antwortete Elli. „Wir werden flussaufwärts gehen und durch deine Hilfe haben wir einen großen Teil des Weges gespart. Es wäre wirklich schön, wenn wir in einem Haus übernachten und etwas Besseres als Mäuse essen könnten."

Sie verabschiedeten sich von dem Mann und setzten ihren Weg fort. Inzwischen hatte der Regen nicht nur Vanessas Kleidung durchweicht. Das Fell der Tiere war klatschnass und auch sie froren. Vanessa musste Elli tragen, die völlig erschöpft war. Nach einer endlos langen Zeit tauchten die Lichter des einsamen Hauses am Fluss auf. Voller Hoffnung gingen sie zu dem Haus und klopften an die Tür. Im Haus war kein Geräusch zu hören und Vanessa klopfte lauter. Als nichts geschah, gingen sie über die Treppe wieder nach unten. Sie würden nach einem anderen Schlafplatz suchen müssen. Inzwischen prasselte der Regen in Strömen vom Himmel.

„Was wollt ihr," ertönte plötzlich eine Stimme hinter ihnen.

Vanessa blickte zurück und entdeckte eine ältere Frau, die im erhellten Türrahmen stand. Voller Hoffnung ging sie zurück und berichtete der Frau von ihrem Anliegen und von dem Mann, der sie über den Fluss gebracht hatte. Sie musste sich eingestehen, dass sie den Mann noch nicht einmal nach seinem Namen gefragt hatte. Diese Information wäre jetzt sicher hilfreich gewesen, denn er kannte die ältere Frau offensichtlich sehr gut.

„Das war sicher Oskar," entgegnete die Frau, von der sie wussten, dass sie Anna hieß. „Kommt mit ins Haus. Ihr seid ja völlig durchnässt."

Im Haus brachte sie Anna an einen Kamin, der wohlige Wärme verströmte. Die Tiere streckten sich vor dem Kamin aus, während sich Vanessa ihrer nassen Jacke entledigte

und ihre Arme in Richtung Feuer
ausstreckte.

„Kind, du bist ja völlig durchnässt.
Dein Mut ist bewundernswert, denn
die Aufgabe, die du dir gestellt hast,
könnten viele Erwachsene nicht lösen.
Ich werde dir trockene Kleidung
holen," sagte die Frau und ging in
einen anderen Raum.

Als sie zurückkam, hatte sie trockene
Kleidung für Vanessa auf dem Arm,
die sie ihr reichte. Außerdem hatte sie
Handtücher mitgebracht, mit denen sie
Max und Elli trockenrieb. Bei Fridolin
war das nicht notwendig. Er war so
klein und sein Fell war schnell trocken.
Anna zeigte Vanessa das
Badezimmer, wo sie sich umziehen
konnte. Als Vanessa ihre nasse
Kleidung abgelegt hatte und in die
trockene Kleidung schlüpfte, stellte sie
fest, dass diese ihr wie angegossen
passte. Sie ging zurück in die
Wohnstube. Anna blickte sie lange mit
einem traurigen Blick an.

„Ich werde euch etwas Essen
zubereiten," sagte Anna. „Für dich,
Kind und deinen kleinen Freund habe

ich eine kräftige Gemüsesuppe und du freust dich bestimmt auch über einen heißen Kakao. Wie ist dein Name Kind?"

Vanessa nannte ihren Namen und bedankte sich für das Mahl, welches ihnen in Aussicht gestellt wurde.

„Deine beiden Katzenfreunde bekommen sofort Katzenfutter," sagte Anna und öffnete eine große Dose, die sie auf zwei Teller verteilte. Elli und Max stürzten sich dankbar auf das Futter.

Schnell war die Suppe aufgewärmt und der Kakao dampfte in der Tasse. Vanessa und Fridolin machten sich dankbar über die Mahlzeit her, während Anna schweigend am Tisch saß und ihnen zusah.

Als ihre Bäuche gefüllt waren, fragte Vanessa: „Leben Sie alleine in diesem Haus?"

„Ja, Kind, ich lebe alleine hier am Fluss und darüber bin ich sehr froh. Weißt du früher, als ich noch zur Arbeit musste, habe ich in der Stadt gelebt. Bevor ich in Rente bin, habe ich nach einem Haus in der Natur gesucht. Ich wollte weg von den Menschen," berichtete Anna.

„Ist das nicht sehr einsam," fragte Vanessa, die mit ihren Eltern in einer ruhigen Siedlung am Stadtrand lebte. Sie konnte mit dem Bus problemlos die Schule erreichen. Diese Möglichkeit gab es hier am Fluss

sicher nicht.

„Ich bin dankbar für die Einsamkeit und habe eine liebe Freundin, die mich oft besuchen kommt. Sie fährt mich zum Einkaufen in die Stadt. So habe ich alles, was ich brauche. In meinem Garten wächst fast alles, was ich benötige. Ich habe keine großen Ansprüche und meine Tiere sorgen dafür, dass ich niemals einsam bin," entgegnete Anna.

„Wie viele Tiere leben bei Ihnen," fragte Vanessa. Inzwischen hatte sie in dem Raum drei Katzen entdeckt, die schliefen.

„Inzwischen wohnen zehn Katzen hier bei mir. Manche sind sehr scheu und haben ihre Schlafplätze im Stall nebenan. Dort wohnen auch meine drei Ziegen. Die Katzen sind einfach so zu mir gekommen und die Ziegen sollten zum Schlachter. Ich habe sie freigekauft," erzählte Anna der staunenden Vanessa.

„Ich bin froh, dass wir hier bei Ihnen sind," sagte Vanessa. „Vielleicht haben sie auch ein Plätzchen für die Nacht für uns."

„Hier ist genug Platz für euch. Für dich, Vanessa habe ich sogar ein Zimmer. Das steht schon so lange leer. Schön, dass wieder einmal ein Kind dort schläft," antwortete Anna und blickte Vanessa aus traurigen Augen lange an.

„Wem gehört das freie Zimmer," traute sich Vanessa, die ahnte, dass Anna eine traurige Vergangenheit hatte, zu fragen.

„In diesem Zimmer hat meine Enkelin immer gewohnt, wenn meine Tochter mit ihrem Mann zu Besuch kam," antwortete Anna und Vanessa sah Tränen, die über ihre Wangen liefen. Vanessa schwieg. Sie ahnte, dass hier etwas Schlimmes geschehen sein musste, und sie wusste nicht, was sie sagen konnte, ohne die ältere Frau, die sehr traurig war, zu verletzten.

Es war wundervoll in einem Bett zu schlafen. Vanessa streckte sich wohlig unter der Decke. Max, Elli und Fridolin kuschelten sich an sie. Erschöpft schliefen sie ein.

Am nächsten Morgen fiel immer noch Regen vom Himmel. Die ältere Frau schlug ihnen vor, noch einen Tag zu bleiben. Vanessa zögerte, denn sie befürchtete, dass sie zu viel Zeit verloren, doch Elli stimmte der Frau zu. Vanessas war überrascht.

„Wir müssen uns ausruhen," sagte Elli. „Ich brauche etwas Ruhe, damit ich den restlichen Weg schaffe. Wir sind bald am Ziel."

Vanessa, Fridolin, Elli und Max genossen den Tag bei Anna. Sie bereitete ihnen ein leckeres Mittagessen. Vanessa fühlte sich zum ersten Mal, seit sie von Fridolin geweckt wurde, wohl und geborgen. Nach dem Mittagessen, als sie vor dem Kamin saßen und die Wärme genossen, traute sich Vanessa Anna nach der Besitzerin der Kleidung, welche sie trug, zu fragen.

„Das ist eine traurige Geschichte," erwiderte Anna. „Ich habe schon so lange nicht mehr über den Tag gesprochen, der mein ganzes Leben zerstörte."

Vanessa schwieg. Sie bereute ihre Frage nach der Besitzerin der Kleidung, die sie trug.

„Die Sachen gehörten meiner Enkelin Elvira," brach Anna nach einer endlosen Pause das Schweigen.

„O, sicher sind sie ihr zu klein geworden. Ist sie schon erwachsen."

fragte Vanessa und war froh, dass sie eine Erklärung gefunden hatte.

„Elvira wird niemals erwachsen werden," entgegnete Anna und Tränen liefen über die faltigen Wangen.

Erschrocken schwieg Vanessa. Sie traute sich nicht, eine weitere Frage zu stellen. Ihre erste Annahme, dass Anna ein schweres Schicksal mit sich trug, schien sich zu bestätigen.

„Sie ist im Fluss ertrunken," sagte Anna nach einer Pause. „An dem Tag war mein Leben vorüber. Ich habe nicht nur meine Enkelin verloren, sondern auch meine Tochter und ihren Mann.

„Das tut mir so leid," sagte Vanessa. „Was ist mit ihrer Tochter und ihrem Schwiegersohn geschehen?

„Seit dem Unglück habe sie nie wieder mein Haus betreten. Der Kontakt ist völlig abgebrochen, weil sie nichts mehr mit mir zu tun haben wollen," erwiderte Anna und die Tränen wollten nicht versiegen.

„Aber warum kommt ihre Tochter nicht mehr zu Besuch," fragte Vanessa. Sie ahnte, wie schlimm der Tod des kleinen Mädchens für die Familie sein musste, doch warum die Tochter und ihr Mann den Kontakt zu Anna abgebrochen hatten, konnte das Kind nicht verstehen.

„Sie sagen, dass ich schuld an Elviras Tod bin," sagte Anna und ihre Augen blickten ins Feuer.

„Wie kann das denn sein," empörte sich Vanessa. „Wie können sie schuld an diesem Unglück sein?"

„Meine Kinder sagen, dass Elvira durch meinen Eigensinn ums Leben gekommen ist. Wäre ich in der Stadt geblieben, so wie meine Tochter das wollte, wäre Elvira noch am Leben," sagte Anna und die Trauer in ihrer Stimme war der Enttäuschung über das Verhalten ihrer Tochter gewichen.

„Und dabei haben sie Elvira alleine am Fluss spielen lassen! Ich war mit der Zubereitung des Mittagessens beschäftigt."

„Das ist ungerecht," sagte Vanessa. „Sie müssen mit Ihrer Tochter sprechen."

„Das habe ich so oft versucht. Sie will nicht mit mir sprechen," sagte Anna traurig.

Vanessa wusste nicht, wie sie die Frau trösten konnte. Sie saßen schweigend am Kamin und sahen den Flammen zu, die auf und ab tanzten. Morgen würden sie ihre Reise fortsetzten.

Am nächsten Morgen hatte der Regen nachgelassen und die Sonne lugte hinter den dichten Wolken hervor. Anna packte für Vanessa, Max, Elli und Fridolin einen Rucksack mit Essen. Sie sollten auf ihrem Weg zur Regenbogenbrücke keinen Hunger leiden. So machten sie sich auf den Weg. Elli hatte neue Kraft geschöpft und sie kamen gut voran.

„Wir werden bald unser Ziel erreichen," sagte Elli, als sie sich gegen Mittag eine Pause gönnten. Glücklich über das Essen, welches Anna für sie eingepackt hatte, stillten sie ihren Hunger.

„Werden wir heute noch ankommen," fragte Vanessa.

„Das werden wir nicht schaffen,"
erwiderte Elli. „Aber morgen werden
wir die Regenbogenbrücke erreichen."
Am Abend fanden sie eine alte
Scheune, in der sie übernachten
konnten. Wieder hatte Regen
eingesetzt und sie waren dankbar, ein
Dach über dem Kopf zu haben.
Schnell wurde ihnen klar, dass sie
nicht alleine in der Scheune waren.
Ein paar Katzen ohne ein Zuhause
hatten hier Zuflucht gefunden. Die vier
Katzen saßen in der Nähe der Tür und
sie erfuhren, dass sie auf einen Mann
warteten, der ihnen Futter brachte. Als
der Mann die Scheune betrat,
wunderte er sich, dass noch zwei
weitere Katzen auf ihn warteten.
„Das sind Elli und Max," erklärte
Vanessa dem verwunderten Mann.
„Wir sind auf dem Weg zu der
Regenbogenbrücke und haben hier in
der Scheune Unterschlupf gesucht."
„Ihr seid auf dem Weg zur
Regenbogenbrücke," fragte der Mann
erstaunt. „Wisst ihr nicht, dass sie am
einstürzten ist."

„Deswegen wollen wir dorthin,"
erwiderte Vanessa. „Wir müssen
verhindern, dass sie einstürzt!"
„Das ist eine große Aufgabe, die ihr
euch gestellt habt," sagte der Mann.
„Ich glaube nicht, dass ihr das
verhindern könnt. Die Zeit ist um! Die
Menschen haben keine Einsicht und
es ist alles verloren."
„Wir werden es trotzdem versuchen,"
antwortete Vanessa.
Der Mann nickte und verließ die
Scheune, nachdem er Teller mit Futter
befüllt hatte. Elli und Max konnten
ihren Hunger stillen.
Am nächsten Morgen erwartete sie ein
strahlend blauer Himmel, als sie die
Scheune verließen. Das Gras war
noch feucht von dem Regen, doch die
Sonne, die vom Himmel lachte,
trocknete es schnell. Mit neuer Kraft
machten sich Vanessa, Elli, Max und
Fridolin auf den Weg. Elli hatte am
Abend gesagt, dass es nicht mehr weit
war bis zur Regenbogenbrücke. In
Vanessa wuchs die Angst. Was würde
sie dort erwarten? Vanessa kannte
böse Hexen aus den Märchen, die ihre

Mutter am Abend vorlas. Obwohl Vanessa bereits die dritte Klasse besuchte, liebte sie die Märchen, die ihre Mutter vorlas. Die Mutter hatte immer betont, dass es Hexen im richtigen Leben nicht gab. Wenn meine Mutter wüsste, was ich hier erlebe, sie würde sicher ihre Meinung ändern, dachte Vanessa.

Plötzlich wurden sie von Nebel eingehüllt. Die Sonne war von einem auf den anderen Moment verschwunden.

„Wir sind da," sagte Elli. „Hier gibt es keine Sonne und kein Leben mehr."

Vanessa blickte sich um. Eine düstere Landschaft ohne Bäume lag vor ihnen. Die Vögel waren verstummt und Vanessa fürchtete sich sehr. Sie nahm all ihren Mut zusammen und ging weiter. Plötzlich tauchte wie ein Schemen die Regenbogenbrücke vor ihnen auf. Sie erstrahlte nicht in den Regenbogenfarben. Vanessa und ihre Freunde konnten die Farben nur noch erahnen, doch sie sahen etwas, das noch viel schlimmer war. Die Regenbogenbrücke hatte eine große

Lücke und dahinter sahen sie einen grauen Himmel.

„Vielleicht ist es schon zu spät," sagte Elli traurig.

„Nein, der lange Weg darf nicht umsonst gewesen sein," erwiderte Vanessa und ging tapfer auf die Regenbogenbrücke zu. Hier musste die Hexe sein, die alles zerstörte! Vanessa traute ihren Augen nicht. Sie hatte eine Hexe wie aus den Märchen, die ihre Mutter ihr vorlas, erwartet, doch das war nicht so. Am Fuße der Regenbogenbrücke saß eine dünne schwarze Katze.

3. Kapitel

Vanessa ertappte sich dabei, dass sie beim Anblick der dünnen, schwarzen Katze Enttäuschung empfand. Das war nicht die böse Hexe aus ihren Märchen, die sie erwartet hatte. Die Katze saß unscheinbar am Fuße der Regenbogenbrücke.

„Ich bin Vanessa und das sind Elli, Fridolin und Max. Wir sind auf der Suche nach der bösen Hexe, die die Regenbogenbrücke zerstören will," sagte Vanessa zu der Katze.

„Dann seid ihr richtig. Außerdem kenne ich eure Namen. Jeder weiß, dass ihr auf dem Weg zur Regenbogenbrücke seid," entgegnete die Katze und die Trauer in ihrer Stimme traf Vanessa mitten ins Herz.

„Können wir mit der Hexe sprechen," fragte Vanessa. Sie verspürte keine Angst vor der Katze, die wie ein Häufchen Elend vor ihr saß.

„Ich bin Oninra und kann jede Gestalt annehmen," erwiderte die Katze und nie hatte Vanessa eine Stimme vernommen, die so ohne Freuden war.

„Du bist die Hexe, die die Regenbogenbrücke zerstören will," fragte nun Fridolin verwundert.

„Wenn du willst, bin ich die Hexe, die die Regenbogenbrücke zerstören will," entgegnete Oninra.

„Aber wie kann es sein, dass eine kleine Katze diese Macht hat," entfuhr es Vanessa und sie bereute sofort das Gesagte. Hier an diesem unheimlichen Ort gab es bestimmt viele Gefahren und vielleicht wurde aus der unscheinbaren Katze plötzlich eine böse Hexe, die sie töten konnte.

„Ja, ich bin nur eine arme Katze, die durch das viele Leiden, welches sie in ihrem Leben erfahren hat, klein und unscheinbar geworden ist. Frag' Elli und Max, Vanessa. Sie können dir sicher viele Geschichten von Menschen erzählen, die grausam zu ihnen waren," sagte Oninra und Vanessa erschauderte, weil ihre Stimme ohne Hoffnung war.

„Du hast recht, Oninra, wir können
viele Geschichten von bösen
Menschen erzählen, aber wir haben
unsere Mel gefunden. Sie ist der
allerliebste Mensch auf dieser Erde,"
erwiderte Elli. „Du kannst die
Regenbogenbrücke nicht zerstören,
weil Menschen böse zu dir waren. Es
gibt viele gute Menschen."
„Elli hat recht! Auf dem Weg zu der
Regenbogenbrücke sind uns
Menschen begegnet, die uns geholfen
haben," beeilte sich Max zu sagen.
„Ach ja, und wie viele Menschen
waren dabei, denen eure Not völlig
egal war," erwiderte Oninra und zum
ersten Mal war Bitterkeit in ihrer

Stimme zu hören. „Die Menschen haben die Tiere nicht verdient und ich werde dafür sorgen, dass sie in einer finsteren Einsamkeit ertrinken!"
„Aber Oninra, Elli und ich haben viel Leid durch Menschen erfahren, aber du kannst nicht alle Menschen bestrafen. Es gibt so viele Menschen, die alles für ihre Tiere tun. So wie unsere Mel zum Beispiel," sagte Max.
„Das kann mich nicht überzeugen. In meinem Leben als Straßenkatze habe ich nie Gutes von den Menschen erfahren," entgegnete Oninra mit leiser Stimme. „Sie haben mir noch nicht einmal die Reste gegönnt, die sie von ihrem reichlichen Essen weggeworfen haben. Mit Steinen haben sie nach mir geworfen, wenn ich versucht habe, die Reste aus den Mülltonnen zu fischen. So sind die Menschen! Böse, egoistisch und zu keinem Mitgefühl fähig. Das können auch die Menschen nicht ändern, die eine Ausnahme sind."
„Oninra, ich weiß nicht viel von all dem Leiden, weil ich noch ein Kind bin, aber ich bitte dich inständig, uns

Kindern die Tiere nicht wegzunehmen," sagte Vanessa und Tränen liefen über ihre Wangen.

„Und dann? Aus den Kindern werden Erwachsene, die auch wieder grausam zu den Tieren sind. Das habe ich in meinen sieben Leben als Katze immer wieder erlebt. Nichts ändert sich. Erwachsene missbrauchen die Tiere, damit sie ihre Gier nach Fleisch stillen können. Sie rauben ihre Kinder und lassen sie nur kurze Zeit am Leben, bevor sie sie in den Hallen des Todes hinrichten. Ich könnte dir von unendlich viele Verbrechen an den Tieren berichten, Vanessa. Du magst die Ausnahme sein, aber das wird meine Meinung nicht ändern," sagte Oninra und erhob sich. „Die Zeit der Menschen ist abgelaufen! Sie haben alle Chancen, die wir ihnen gegeben haben vertan! Oder was willst du tun, um die Menschen zu verändern, Vanessa?"

„Darauf kann ich dir keine Antwort geben," erwiderte Vanessa leise und ihre Tränen wollten nicht versiegen.

„Ich kann dich nur um eine Chance

bitten, Oninra. Mehr kann ich nicht tun."

„Das gefällt mir Vanessa. Du gehörst wenigstens nicht zu den Kindern, die alles versprechen, was sie ohnehin nicht halten können. Die schreiend zu ihren Eltern rennen, wenn ein Spielzeug kaputt ist und sofort ein neues haben wollen. Du bist bescheiden. Das gefällt mir," sagte Oninra.

Vanessa hatte sich auf die Erde gesetzt und hielt ihr Gesicht in den Armen verborgen. Sie konnte nicht mehr sprechen. Hoffnungslosigkeit hatte das Kind erfasst. Sie erkannte, dass es keine Zukunft geben würde. Ihr Leben würde an einem düsteren Ort ohne Freuden, ohne Hoffnung, ohne Licht stattfinden. Ihre unbeschwerte Kindheit hatte an diesem kalten Ort ein bitteres Ende gefunden. Vanessa spürte die Wärme von Elli und Max, die sich tröstend an sie schmiegten. Die Katzen, die so viele Entbehrungen in ihrem Leben erfahren mussten, schenken ihr in diesem Moment, in dem sie alle

Hoffnung verlor, ihre Zuneigung. Vanessa spürte Trost und die Liebe, die von den Tieren in diesem Moment ausging.

„Oninra, bitte nimm' uns nicht die Hoffnung, die wir in uns tragen," sagte Elli leise. „Wo sollen die armen Tiere hin, wenn sie nicht mehr über die Regenbogenbrücke gehen können? Warum willst du sie für die Verbrechen der Menschen bestrafen? Haben sie nicht genug Qualen erduldet? Warum nimmst du ihnen und den Menschen, die sie lieben, alle Hoffnung auf ein unbeschwertes Leben hinter der Regenbogenbrücke? Das ist ungerecht!"

„Vielleicht hast du recht, Elli, entgegnete Oninra und kam zu ihnen. Jetzt konnten sie ihren ausgezehrten Körper aus der Nähe sehen. Elli ahnte, dass sieben lange Katzenleben sie zu dieser Verzweiflung gebracht haben mussten.

„Ich werde euch eine Chance geben. Wenn ihr es schafft, einen Menschen mit einem Herz aus Gold zu finden, werde ich die Regenbogenbrücke nicht zerstören," sagte Oninra.

„Das ist eine leichte Aufgabe," sagte Max. „Unsere Mel ist ein Mensch mit einem goldenen Herzen. Wir haben die Aufgabe schon gelöst."

„O nein, so einfach ist das nicht! Eure Mel reicht mir nicht! Findet den Menschen mit einem Herz aus Gold! Das ist mein letztes Wort," sagte Oninra und war verschwunden.

Vanessa, Elli, Max und Fridolin standen schweigend da und schauten auf die Stelle, auf der, vor wenigen Minuten noch Oninra gesessen hatte. Es dauerte eine Weile, bis sie aus ihrer Starre erwachten.

„Was sollen wir nur tun," fragte Elli voller Verzweiflung. „Meine Zeit ist fast vorbei und meine Hoffnung, hinter der Regenbogenbrücke Frieden zu finden, ist verloren."

„Noch ist nichts verloren," meldete sich Fridolin, der während ihres Gespräches mit Oninra sehr schweigsam war. „Wir werden eine Lösung finden, stimmt's Vanessa?"

„Was sollen wir tun;" fragte Vanessa.
„Ich habe keine Idee, was wir tun
können. Du hast das falsche Kind
ausgewählt, Fridolin."
„Wir werden nicht aufgeben," sagte
Max. „Gehen wir zurück zu Anna.
Vielleicht hat sie eine Idee."
Der Vorschlag von Max wurde sofort
in die Tat umgesetzt. Nicht, weil sie
die Idee gut fanden, sondern weil sie
keine andere Lösung wussten.
Vanessa musste Elli tragen. Die alte
Katze hatte jeden Mut verloren und
kam nicht mehr voran. Vanessa hatte
keinen Trost für Elli. Die Aufgabe, die
Oninra ihnen gestellt hatte, war
unlösbar. Wie sollten sie einen
Menschen mit einem Herz aus Gold
finden? Vanessa war klar, dass sie
nach einem Menschen suchen sollte,
der viel Gutes tat, aber wenn Mel die
Tag für Tag Straßenkatzen fütterte,
kein Mensch mit einem goldenen
Herzen war, wusste sie nicht, wo sie
diesen finden sollte. Es gab keinen
Anhaltspunkt, wo dieser Mensch zu
finden war, was ihn auszeichnete oder
was die gute Tat war, die Oninra

zufriedenstellen konnte. Schweigend liefen sie den Weg zurück, bis sie schließlich an Annas Haus ankamen. Anna freute sich, sie zu sehen, doch sie ahnte sofort, dass etwas schiefgelaufen sein musste. Vanessa erzählte Anna von der Begegnung an der Regenbogenbrücke. Anna war ebenfalls überrascht, dass die Wächterin der Regenbogenbrücke eine Katze war. Einen Rat hatte Anna nicht. Vanessa, Elli, Max und Fridolin bekamen etwas zu essen.

„Mit einem vollen Magen lässt es sich besser nachdenken," sagte Anna und, nachdem sie satt waren und gemütlich am Kamin saßen, war ihr Denken schon viel hoffnungsvoller.

„Wir müssen eine Lösung finden," sagte Fridolin. „Es kann doch nicht so schwer sein Oninra zufriedenzustellen. Ein Mensch mit einem goldenen Herzen ist sicher nur ein Mensch, der ihren Anforderungen entspricht."

„Ja, daran habe ich auch schon gedacht," erwiderte Elli, die auf einer weichen Decke lag und die Wärme des Feuers genoss.

„Ja, aber woher sollen wir wissen, welcher Mensch Oninras Anforderungen gerecht wird," schaltete sich Vanessa in das Gespräch ein. „Eure Mel, die sich tagein, tagaus um arme Katzen kümmert, ist es nicht. Ich frage mich, ob es diesen Menschen überhaupt gibt. Oninra hat gesagt, dass sie in ihren sieben Katzenleben so viel Leid erfahren hat. Welcher Mensch kann alles ungeschehen machen?"

Elli, Max und Fridolin nickten und die Hoffnungslosigkeit kehrte zurück in ihre Gedanken.

„Vielleicht kenne ich eine Frau, die euch helfen kann," sagte Anna und ihr Gesicht erhellte sich. „Wenn jemand helfen kann, dann ist es diese Frau!"

Vanessa und ihre Freunde sahen Anna erwartungsvoll an, die nicht weitersprach. Der Blick der alten Frau war in weite Ferne gerichtet, so als könnte sie dort Erlebnisse und Empfindungen aus einer längst vergangenen Zeit sehen.

„Du spannst uns auf die Folter," sagte Vanessa und Annas Blick kehrte zu ihnen zurück.

„Na ja, es ist schon lange her. Damals waren meine Knochen noch nicht von Rheuma geplagt und ich bin oft am Fluss spazieren gegangen. Es war der erste schöne Frühlingstag nach einem endlos langen Winter. Ich hatte wochenlang hier im Haus gesessen, weil es unaufhörlich geregnet hat. An diesem Tag unternahm ich einen ausgiebigen Spaziergang flussabwärts und machte, als meine Füße nicht mehr weiterlaufen wollten, an einer alten Scheune Rast. Ja, und dort kam ich mit einer Frau ins Gespräch, die in der alten Scheune Katzen versorgte. Wir haben uns lange unterhalten. Ich habe mich noch nie bei einem Menschen so geborgen gefühlt wie bei dieser Frau. Der Tod meiner Enkelin lag zwei Jahre zurück und der Schmerz und die Hoffnungslosigkeit waren in mir unendlich."

„Wie war der Name dieser Frau," fragte Vanessa, denn Anna hatte ihre Erzählung unterbrochen. Der Blick der alten Frau war in eine längst vergangene Zeit gerichtet und Vanessa ahnte, dass die Erinnerungen an diese Tage für Anna sehr schmerzlich waren.

„Das habe ich leider vergessen," erwiderte Anna. „Ich habe die Frau noch zweimal besucht, doch danach bin ich nie wieder diesen Weg gegangen. Der Schmerz, über den Tod meiner Enkelin zu sprechen war zu groß und so habe ich den Kontakt zu der Frau vermieden."

„Kannst du uns den genauen Weg erklären," fragte Vanessa.

„Leider nicht. Ich weiß nur, dass ich weit flussabwärts gegangen bin bis zu der Scheune, aber es sind schon viele Jahre vergangen und hier am Fluss hat sich einiges verändert. Es sind ein paar Dörfer entstanden. Den Weg von damals gibt es sicher nicht mehr."

„Das ist keine gute Idee," schaltete sich Fridolin in das Gespräch ein. „Wir kennen den Weg nicht, wissen nicht, wie der Name dieser Frau ist und ob sie uns helfen kann, wissen wir auch nicht."

„Fridolin, diese Frau ist sehr weise und sie kann mit den Tieren sprechen. Vielleicht kann sie euch sagen, wie ihr Oninra zufriedenstellen könnt," sagte Anna.

„Ja, wir haben doch sonst keine bessere Lösung, Fridolin. Warum sollen wir es nicht versuchen," entgegnete Vanessa, während Elli und Max zustimmend nickten.

„Also gut, ihr seid in der Mehrheit," erwiderte Fridolin und sie hörten einen leichten Groll in seiner Stimme. „Wir suchen diese Frau! Das ist besser als überhaupt nichts zu tun und aufzugeben."

Am nächsten Morgen machten sie sich auf den Weg. Sie wollten flussabwärts gehen und Menschen, die ihnen begegneten, nach der Frau, die in einer Scheune Katzen versorgte, fragen. Vielleicht kannte sie jemand. Die Sonne lachte von einem strahlend blauen Himmel und Elli ging es gut. Vanessa musste sie nicht tragen. Anna hatte den Rucksack mit allerlei Leckereien befüllt, sodass sie sich in den nächsten Tagen nicht um ihr Essen sorgen mussten. Vanessa trug den schweren Rucksack, was ihr nicht leichtfiel, doch die Anstrengungen waren besser als zu hungern. Auf ihrem Weg flussabwärts begegnete ihnen stundenlang kein Mensch. Die Gegend war sehr einsam und es gab oft keinen Weg, was das Vorankommen erschwerte. Durch den Regen der letzten Tage war der Boden aufgeweicht und an manchen Stellen mussten sie Morast umgehen. Gegen Mittag setzten sich Vanessa und ihre Freunde unter einen alten Baum. Die Sonne hatte inzwischen das Gras getrocknet und so konnten sie es sich gemütlich machen. Mit den Leckereien aus dem Rucksack stillten sie ihren Hunger.

„Verschwinde! Sofort," ertönte plötzlich eine unfreundliche Stimme.

„Sei doch nicht so garstig alter Baum. Ich suche doch nur nach einem Versteck für meine Nüsse. Der Herbst ist bald vorüber und ich brauche Vorräte für den Winter," piepste eine Stimme.

Vanessa sah sich verwundert um, während ihre Freunde sich nach der Mahlzeit ein Schläfchen gönnten. Das Kind sah ein Eichhörnchen unter dem Baum sitzen. Sollte der Baum mit dem Eichhörnchen sprechen? Nachdem, was Vanessa schon erlebt hatte, schloss sie diese Möglichkeit nicht aus.

„Du wirst hier keine Nüsse verstecken," donnerte die Stimme. „Ich will hier keine jungen Bäume mehr. Jeden Herbst ist es das Gleiche! Ihr versteckt hier eure Nüsse und im Winter vergesst ihr euer Versteck. Wo kommen wir denn hin, wenn hier überall Nussbäume wachsen."

„Phff, du kannst dagegen sowieso nichts tun, alter Baum. Wenn hier Nussbäume wachsen, ist das gut für uns Eichhörnchen. Dann haben wir wenigstens genug zu essen," erwiderte die Piepsstimme.

Vanessa war sich nun sicher, dass der Baum und das Eichhörnchen in einen Streit geraten waren.

„Bitte nicht streiten," sagte Vanessa.
„Es ist doch schön, wenn hier neue
Bäume wachsen!"
„Was mischst du dich jetzt in unser
Gespräch? Halbe Portionen sollen
sich nicht in die Gespräche von alten
Bäumen mischen," ertönte die
unfreundliche Stimme.
„Endlich widerspricht dir jemand alter
Baum. Kind, wie ist dein Name,"
entgegnete die Piepsstimme.
„Ich bin Vanessa und finde euren
Streit sehr schlimm. Wo es doch um
viel wichtigere Dinge geht," sagte
Vanessa.
„So, so worum geht es den du kleine
Klugscheißerin," erwiderte der Baum
unfreundlich.
„Jetzt sei doch nicht so unfreundlich,"
sagte das Eichhörnchen und stellte
sich auf die Hinterbeine. Nur weil du
ein alter Griesgram bist, ist das
Anliegen von Vanessa nicht
unwichtig."
„Genau, wenn wir die
Regenbogenbrücke nicht retten
können, werden alle Tiere von der
Erde verschwinden," erklärte Vanessa.

„Das ist ja furchtbar," rief das Eichhörnchen. „Siehst du alter Baum, Vanessas Anliegen ist viel wichtiger als deine Befindlichkeiten."

„So ein Blödsinn," brummte der alte Baum. „Was soll der Unfug mit der Regenbogenbrücke und den Tieren, die verschwinden. So etwas Dummes habe ich in meinem ganzen langen Leben noch nicht gehört. Sollen die Tiere doch verschwinden! Dann werde ich auch nicht ständig von jungen Bäumen, die aus ihren Samen wachsen, genervt."

Vanessa sah ein, dass von dem alten Baum keine Hilfe zu erwarten war. Traurig schwieg sie. Sicher gibt es viele, denen alles egal ist, dachte sie betrübt.

„Wie kann ich dir helfen Vanessa," fragte das Eichhörnchen und setzte sich auf Vanessas Beine.

„Wir suchen nach einer weisen Frau, die Katzen füttert. Vielleicht kann sie uns helfen, die Regenbogenbrücke zu retten," sagte Fridolin an ihrer Stelle.

„Wo soll die Frau denn wohnen," fragte das Eichhörnchen.

„Da kann ich euch ohnehin nicht helfen. Ich stehe schon seit über hundert Jahren an dieser Stelle und über die Regenbogenbrücke gehe ich auch nicht, weil ich ewig lebe," entgegnete der Baum.

„Wie willst du leben, wenn es keine Bienen mehr gibt, die deine Blüten bestäuben," erwiderte das Eichhörnchen ärgerlich.

„Na gut, so gesehen könnte das schon zu einem Problem werden," sagte der Baum kleinlaut.

„Es wird zu einem großen Problem werden," erwiderte Elli, die die Gleichgültigkeit des Baumes nicht verstehen konnte. „Wenn es keine Tiere mehr gibt, wird es kein Leben auf der Erde geben. Dann kannst du das mit deinem ewigen Leben vergessen."

„Entschuldigung," sagte der alte Baum. „Ich habe nicht genug nachgedacht."

„So wie immer," entgegnete das Eichhörnchen ärgerlich. „Seit Jahren versuche ich dir zu erklären, dass die jungen Bäume, die hier wachsen wichtig sind, damit die Eichhörnchen und anderen Tiere immer etwas zu essen haben. Außerdem kannst du nicht ewig leben. Ich habe einen uralten Nussbaum gesehen, der beim letzten Sturm umgefallen ist. Der war viel älter als du!"

„Ja, ja schon gut," sagte der alte Baum. „Ich will ja helfen, aber ich habe keine Ahnung wie."

„Das weiß ich allerdings auch nicht," entgegnete das Eichhörnchen. „Ich bin immer hier in der Umgebung und da gibt es keine Frau, die Katzen füttert."

„Schon gut," sagte Vanessa. „Wir werden weitersuchen müssen."

Sie setzten ihren Weg fort. Was wird geschehen, wenn die Frau uns nicht helfen kann oder wir sie nicht finden, dachte Vanessa. Inzwischen sehnte sie sich schmerzlich nach ihrem Zuhause. Sie wollte aus diesem Albtraum aufwachen und einfach in ihrem Bett liegen, doch sie wusste keinen Ausweg aus der aussichtslosen Situation.

Nach einer kurzen Strecke musste Vanessa Elli wieder tragen. Sie schlang ihre Jacke wie ein Tragetuch um den Körper und setzte Elli hinein. So war das Tragen für Elli und auch für Vanessa viel angenehmer. Elli ermüdete immer schneller. Die Strapazen der letzten Tage hatten ihrem geschwächten alten Körper zugesetzt. Was würden sie tun, wenn Elli unterwegs starb? Vanessa kämpfte mit den Tränen. Die Ausweglosigkeit ihrer Situation machte ihr schwer zu schaffen. Wenn sie keine Lösung fand, würde sie für immer in dieser Welt gefangen sein und ihre Eltern nie wiedersehen.

„Nicht traurig sein Vanessa," sagte Elli und schmiegte sich voller Vertrauen an sie.

Nach einer Pause, die sie einlegen mussten, weil Vanessa von der Last ihres Rucksacks und Ellis Gewicht erschöpft war, setzten sie ihren Weg fort.

„Wir müssen unbedingt jemanden treffen, der diese Frau kennt. Wir wissen nicht, wie weit der Weg ist und wo genau wir sie finden können," sagte Vanessa entmutigt.

„Das stimmt Vanessa," erwiderte Fridolin. „Ohne einen Anhaltspunkt werden wir die Frau nicht finden. Wir können nur nach einer Scheune Ausschau halten."

„Seht nur, dort ist eine Scheune. Vielleicht ist es die richtige," meldete sich Max zu Wort.

Voller Hoffnung erreichten sie die Scheune, doch schnell wurde klar, dass es sich nicht um die richtige Scheune handelte. In der Scheune lebten Hühner und Gänse, die auch außerhalb der Scheune unterwegs waren.

„Hallo, vielleicht könnt ihr uns helfen," sagte Vanessa zu einem Hahn, der mit zwei Hennen in der Nähe des Zaunes stand. Wäre sie früher nie auf die Idee gekommen, eine Unterhaltung mit einem Tier zu beginnen, war das für Vanessa jetzt normal. Selbst der Umstand, dass sie mit einem Baum sprechen konnte, wunderte sie nicht mehr.

„Ich habe keine Zeit. Siehst du nicht, dass ich mit meinen Damen

beschäftigt bin," erwiderte der Hahn
unfreundlich.

„Ich habe nur eine ganz kurze Frage.
Dann sind wir wieder weg," antwortete
Vanessa.

„Na gut, dann frag'," entgegnete der
Hahn und seine Stimme klang
weiterhin sehr unfreundlich.

„Wir suchen eine Scheune, die von
Katzen bewohnt wird," beeilte sich
Vanessa zu fragen.

„Ne, kenne ich nicht. Woher auch? Wir
sind ja nur hier," antwortete der Hahn
und die Hennen nickten zustimmend.

Enttäuscht setzten sie ihren Weg fort.
Weit und breit gab es hier niemanden,
den sie nach dem Weg fragen
konnten. Auf der rechten Seite war der
Fluss und links gab es nur Felder.
Inzwischen stand die Sonne schon
tief. Sie waren viele Stunden gelaufen,
ohne die Scheune zu finden. Vanessa,
die Elli trug, war zum Umfallen müde.

„Ich kann nicht mehr weiter," sagte
das Kind.

„Schau nur Vanessa, dort gibt es eine
Hütte. Vielleicht ist sie bewohnt," sagte
Fridolin plötzlich.

Sie gingen zu der Hütte, die unter Bäumen stand. Die Tür war offen.

„Ist hier jemand," rief Vanessa laut und bekam keine Antwort.

Nachdem Vanessa mehrmals gerufen hatte und es keine Antwort gab, betraten sie die Hütte. Schnell wurde klar, dass sie unbewohnt war. Alles war schmutzig und dicke Spinnweben hingen von der Decke. Hier wohnt sicher schon lange niemand mehr, dachte Vanessa, als sie sich im Raum umschaute.

„Wir könnten hier übernachten," sagte Max.

Vanessa erschauderte bei dem Gedanken, in dieser schmutzigen Hütte zu übernachten. Sie verschoben die Entscheidung und setzten sich auf eine alte Bank, die vor der Hütte stand. Zum Glück gab es noch genug zu essen in ihrem Rucksack. Der Hunger blieb ihnen an diesem Tag erspart.

„Für morgen früh haben wir noch etwas zu essen," sagte Vanessa und ihre Freunde nickten. Nach dem Frühstück würde der Rucksack leer sein. Vanessa überlegte, ob sie Elli in den Rucksack setzen konnte. So wäre es für sie leichter, die alte Katze zu tragen.

Als sie ihren Hunger gestillt hatten, entdeckte Vanessa einen alten Besen in der Hütte und begann Schmutz und Spinnweben aus dem Raum zu entfernen. Als sie mit ihrer Arbeit fertig war, kam Fridolin in die Hütte und bat sie mitzukommen. Vanessa, Elli und Max folgten Fridolin, der sie um die Hütte herumführte. Auf der Rückseite der Hütte gab es große Heuballen, die mit großen Planen abgedeckt waren. „Hier lässt es sich doch viel besser schlafen," sagte Fridolin.

Sie kletterten unter die Plane und legten sich ins Heu, das unter den Heuballen lag. Fridolin hatte recht. Dieses Nachtlager war viel besser als die schmutzige Hütte. Erschöpft schliefen sie ein.

Am nächsten Morgen, nachdem Vanessa sich notdürftig am Fluss gewaschen hatte und die Reste aus dem Rucksack verzehrt waren, setzten sie ihren Weg fort. Elli ließ sich

von Vanessa bereitwillig in den Rucksack setzen. Die alte Katze war froh über jeden Weg, den sie nicht gehen musste. Nach den vielen Tagen, die sie nun schon unterwegs waren, taten ihre alten Knochen weh. Mit Elli im Rucksack kamen sie viel schneller voran. Als sie am Mittag ein kleines Dorf erreichten, machte sich langsam der Hunger bemerkbar. In dem kleinen Dorf gab es nur eine Handvoll Häuser und ein kleines Geschäft, in dem man Lebensmittel und Sonstiges, was die Dorfbewohner brauchten, einkaufen konnte. Vanessa klingelte an den Häusern, um nach etwas Essen zu fragen, doch niemand öffnete. Das Lebensmittelgeschäft hatte Mittagspause. Hier würden sie auch nichts zu essen bekommen! Vanessa und ihre Freunde verließen das Dorf und setzten ihren Weg am Fluss entlang fort. Inzwischen knurrten ihre Mägen. Sie stillten ihren Durst am Fluss und hofften, dass das Wasser ihren Hunger dämpfen konnte.
Nach kurzer Zeit tauchte ein kleines Haus am Horizont auf, das beim

Näherkommen nicht so aussah, als sei
es bewohnt. Das Haus sah
heruntergekommen aus und der Stall
neben dem Haus war halb zerfallen.
Vanessa klopfte trotzdem an die Tür.
Niemand öffnete ihr, doch als sie sich
zum Gehen umwand, ertönte eine
Stimme hinter ihr:
„Was wollt ihr hier?"
Vanessa drehte sich um und sah in
das bärtige Gesicht des Mannes, den
sie in der Einkaufspassage gesehen
hatte.
„Ich kenne dich doch irgendwo her,"
ertönte die Stimme des Mannes.
„Ja, Sie haben mir in der
Einkaufspassage Brötchen
geschenkt," erwiderte Vanessa.

„Genau ich erinnere mich," entgegnete der Mann. „Was wollt ihr hier?"

Vanessa erzählte dem Mann von der Regenbogenbrücke, die einzustürzen drohte und von der Begegnung mit der Wächterin. Der Mann, dessen Alter Vanessa wegen des Bartes und den langen Haaren nicht einschätzen konnte, hörte aufmerksam zu.

„Schlimme Geschichte," sagte er, nachdem Vanessa geendet hatte. „Ich hatte auch die Hoffnung, dass ich, wenn ich sterbe, meinen besten Freund Fredo hinter der Regenbogenbrücke treffen kann. Wieder eine Hoffnung weniger in einem hoffnungslosen Leben."

„Wohnen Sie hier in dem Haus," fragte Vanessa.

„Ja eigentlich schon. Die Bewohnerin ist vor einigen Monaten gestorben und niemand hat sich um das Haus gekümmert. Da bin ich eingezogen. Hier ist es trocken und einen Ofen gibt es auch. Außerdem gibt es hier ein paar Katzen und zwei Ziegen, um die sich niemand kümmert. Na ja, die Ziegen finden hier genug zu fressen

und den Katzen gebe ich von meinem
Essen ab, das ich in der Stadt
geschenkt bekomme. Manchmal habe
ich auch etwas Geld und kann ein
paar Dosen Katzenfutter kaufen,"
sagte der Mann. „Ich bin Wilhelm, aber
alle nennen mich Willy."
„Sie haben kein Zuhause," fragte Elli.
„Doch. Seit hier niemand wohnt, habe
ich ein Zuhause," antwortete der
Mann. „Davor habe ich auf der Straße
gelebt und bevor ich in diese Stadt,
die hier in der Nähe ist, kam, lebte ich
in einer Großstadt. Dort hatte ich
manchmal ein Zimmer in einem
Obdachlosenheim. Bin froh, dass ich
da raus bin. Großstädte sind sehr
gefährlich und dort gibt es viele
Obdachlose. Hier in der kleinen Stadt
bin ich der einzige Obdachlose und
die Menschen haben Mitleid mit mir.
Ich bekomme Essen und auch mal
Geld. Seit ich das alte Haus bewohne,
geht es mir richtig gut. Bisher hat mich
noch niemand von hier verjagt"
„Das freut mich für Sie," antwortete
Vanessa. „Uns geht es nicht so gut.
Wir haben großen Hunger und wissen

nicht, woher wir etwas Essbares bekommen könne."

„Na, dann kommt mal mit rein. Für euch reicht das Essen, das ich noch habe," erwiderte Willy und öffnete ihnen die Tür. „Und nennt mich bloß Willy, weil mich alle Willy nennen. So eine förmliche Anrede bin ich nicht gewohnt."

Sie folgten Willy ins Haus. Hier gab es einen alten Schrank, einen Tisch, vier Stühle und einen Ofen, der wohlige Wärme verstrahlte. Willy holte Teller aus dem Schrank und nahm einen Topf vom Herd, der eine Gemüsesuppe enthielt. Dazu gab es einen großen Laib Brot. Elli und Max bekamen Katzenfutter, das sie dankbar verschlangen.

„Heute war ein richtig guter Tag. Ich habe viel Geld bekommen und in der Bäckerei gab es das Brot und einige Brötchen. So konnte ich Mal eine richtig leckere Suppe kochen. Ich hoffe, sie schmeckt euch," sagte Willy.

„Sie schmeckt lecker," erwiderte Vanessa.

Als sie mit dem Essen fertig waren, bot Willy ihnen an, die Nacht im Haus zu verbringen. Sie nahmen sein Angebot dankbar an.

„Was werdet ihr morgen tun," fragte er, als sie mit dampfendem Tee vor dem wärmenden Ofen saßen.

„Wir werden weiter nach der Scheune mit den Katzen suchen," erwiderte Fridolin.

„Vielleicht kann uns die Frau, die für die Katzen sorgt, weiterhelfen. Eine andere Idee haben wir nicht und wir wissen nicht, ob wir die Scheune finden," sagte Vanessa traurig.

„Na ja, vielleicht hätte ich auch noch eine Idee," sagte Willy nach einer Pause. „Flussaufwärts gibt es ein kleines Dorf. Dort wohnt ein Bekannter von mir, den ich in der Stadt beim Betteln kennengelernt habe. Er hat auch kein Zuhause, aber ein Bauer lässt ihn in seiner Scheune schlafen. Otto hilft auf dem Hof und bekommt dafür seine Mahlzeiten. Vielleicht kennt Otto diese Scheune."

„Es wäre einen Versuch wert," sagte Fridolin.

Willy versprach, sie am nächsten Morgen zu Otto zu bringen. Bald legten sie sich auf Säcke, die mit Heu gefüllt waren, schlafen. Die Strapazen des Tages und das duftende Heu in den Säcken sorgten dafür, dass sie schnell einschliefen.

Am nächsten Morgen machten sie sich mit Willy auf den Weg. Willy hatte Vanessa ein paar Brötchen und Futter für die Katzen geschenkt. So würden sie an diesem Tag nicht von Hunger geplagt werden. Die Hilfsbereitschaft von dem Mann, der selbst nichts hatte, beeindruckte das Kind. Das ist ein Mensch mit einem Herzen aus Gold, dachte Vanessa, doch sie ahnte, dass die Wächterin der Regenbogenbrücke sich damit nicht zufriedengeben würde. Während sie Willy folgten, gingen Vanessa viele Fragen durch den Kopf. In der Nacht hatte sie von ihren Eltern geträumt. Sie hatte in ihrem warmen Bett gelegen und der Wecker klingelte. Sie war aufgestanden und hatte sich zu den Eltern an den Frühstückstisch gesetzt. Vanessa hatte sich so wohl gefühlt und als sie auf dem Heusack erwachte, hatte sie eine tiefe Hoffnungslosigkeit erfasst. Wie sollte sie jemals wieder zu ihren Eltern kommen? Die Regenbogenbrücke vor dem Einstürzen zu bewahren, erschien Vanessa an diesem Morgen aussichtslos. Wie sollten sie Oninra zufriedenstellen. Vanessa ahnte, dass sie sehr viel Leid in ihrem Leben erfahren und sich von Menschen abgewendet hatte. Konnte es da überhaupt einen Menschen geben, den Oninra als einen guten Menschen akzeptieren konnte? Die Situation war aussichtslos!

Gegen Mittag erreichten sie das kleine Dorf. Sie kamen zu dem Bauernhof auf dem Willys Freund wohnte und fanden diesen in der Scheune, wo er sich gerade ein Nickerchen genehmigte.

4. Kapital

„Wo kommst du denn her, altes Haus" begrüßte Otto seinen Freund, der ihn geweckt hatte. Seine Stimme klang verschlafen.

„Ich wollte dir Mal wieder einen Besuch abstatten und außerdem habe ich diese junge Dame mitgebracht, die deinen Rat braucht," erwiderte Willy.

Otto richtete sich auf, rieb sich den Schlaf aus den Augen und musterte Vanessa.

„Gestatten, Otto der Lebenskünstler. Wie kann ich helfen," fragte Otto, der sich freute, dass sein Rat gefragt war.

Vanessa erzählte dem Mann die Geschichte von der Regenbogenbrücke und von der Suche nach der alten Scheune mit den Katzen.

„Mhm, ich kenne tatsächlich eine alte Scheune, die von Katzen bewohnt wird," sagte Otto. „Wenn ich mich richtig erinnere, ist die ein gutes Stück flussabwärts."

„Aber da kommen wir doch her," sagte Fridolin. „Wir hätten die Scheune doch sehen müssen."

„Nicht unbedingt. Sie ist auf der anderen Seite des Flusses," erklärte Otto.

„Na, und es gibt bestimmt keine Brücke über den Fluss," meldete sich Elli aus Vanessas Rucksack.

„Sicher gibt es eine Brücke über den Fluss. Da müsst ihr nur ein Stück flussaufwärts gehen," sagte Otto.

„Aber wir könnten Joy fragen."

„Wer ist Joy," fragte Vanessa.

„Das ist meine absolute Lieblingskatze hier auf dem Hof," schwärmte Otto. „Sie ist die schlauste Katze, die ich je erlebt habe."

„Und wo finden wir deine schlaue Katze," fragte Willy.

„Keine Ahnung, aber wir können nach ihr suchen," erwiderte Otto.

Sie liefen über den Hof und Otto rief nach Joy. Plötzlich sah Vanessa eine große rote Katze neben einem Holzstapel. Sofort war ihr bewusst, was die Katze im Schilde führte. Die Katze würde hervorspringen und

Fridolin schnappen! Blitzschnell
beugte sich Vanessa zu Fridolin und
packte ihn. Elli, die im Rucksack saß,
schrie überrascht auf:
„Was ist passiert?"
Fridolin, der völlig überrascht war,
erstarrte in Vanessas Hand. Der
Sprung der Katze ging ins Leere. Alle
verstanden jetzt, was hier passieren
sollte.
„Joy lässt du wohl die Maus in Ruhe,"
ertönte Ottos Stimme.
„Warum? Ich soll doch hier Mäuse
jagen," erwiderte Joy erstaunt.
„Aber nicht die Maus, die die
Regenbogenbrücke retten will,"
entgegnete Otto.
„Jetzt verstehe ich überhaupt nichts
mehr," sagte Joy ratlos.
Vanessa hatte Verständnis für die
arme Joy, die ratlos vor ihnen saß und
erklärte der Katze ihr Anliegen.
„O, das wusste ich nicht. Das ist ja
furchtbar," sagte Joy nachdem
Vanessa ihren Bericht beendet hatte.
„Ja, wir bekommen hier auf dem Land
nicht viel mit," entgegnete Otto.
„Gewundert haben wir uns schon, weil

in diesem Jahr die Ernte sehr mager ausgefallen ist. Der Bauer konnte das auch nicht verstehen. Er war in großer Sorge, denn das wenige Gemüse und Obst, das wir ernten konnten, würde nicht viel Geld einbringen."

„Joy, kennst du eine Scheune, in der Katzen leben. Otto hat uns gesagt, dass ein Stück flussabwärts eine wäre," fragte Willy die Katze.

„Ja, flussabwärts gab es eine Scheune, in der viele Katzen gelebt haben, aber jetzt sind nur noch wenige da," erwiderte Joy.

„Wo sind die Katzen hin," fragte Vanessa.

„Na ja, sie haben wohl bessere Unterkünfte gefunden," sagte Joy.

„Wurden die Katzen von einer Frau gefüttert," wollte Fridolin, der immer noch auf Vanessas Schulter saß, wissen.

„Ne, die hat niemand gefüttert, aber eine der Katzen, die dort gelebt hat, wohnt jetzt hier," erwiderte Joy. „Otto, du kennst doch den dicken Franco."

„Franco hat dort in der Scheune gelebt," wunderte sich Otto." Das wusste ich nicht. Er ist ja sehr scheu und kommt nur zum Futtern, wenn niemand in der Nähe ist."

„Ja, Franco will mit Menschen nichts zu tun haben," erwiderte Joy. „Er hat mit Menschen allerhand Schlimmes erlebt. Ich kann Franco suchen und nach der Scheune fragen."

„Das ist eine gute Idee. In der Zwischenzeit stelle ich euch meiner Familie vor," sagte Otto. „Nun, eigentlich habe ich keine Familie oder besser gesagt, meine Familie hat mich aus ihrem Leben gestrichen. Hier auf dem Bauernhof habe ich aber eine Ersatzfamilie gefunden. Ich gehe gleich mal und sage Ella Bescheid, dass wir Gäste zum Abendbrot haben."

„Das nenne ich Mal eine gute Idee. Meine Freunde hier können bestimmt eine Mahlzeit vertragen und ich sowieso. Ella kocht einfach wundervoll," erwiderte Willy.

„Wir wollten eigentlich weiter und nach der Scheune mit den Katzen suchen," entgegnete Vanessa.

„Wir wissen nicht, ob die Scheune flussabwärts die Scheune ist, welche ihr sucht. Warum wollt ihr nicht hier übernachten? Joy kann Franco sicher heute Nacht finden und nach der Scheune fragen. Das ist doch eine gute Chance, zu erfahren, ob ihr auf dem richtigen Weg seid," sagte Otto. „Eine Pause würde uns bestimmt guttun," erwiderte Elli.

So war es schnell beschlossen, dass Vanessa, Elli, Max und Fridolin die Nacht auf dem Bauernhof verbringen würden. Willy und Otto hatten nicht zu viel versprochen. Das Abendessen schmeckte köstlich und die Familie war sehr nett. Sie durften sogar im Gästezimmer übernachten.

Am nächsten Morgen suchten Vanessa, Otto, Elli, Max und Fridolin nach Joy. Willy verabschiedete sich und machte sich auf den Heimweg. Joy war schnell gefunden. Die Abenteuer der Nacht hatten sie hungrig gemacht und so kehrte sie am frühen Morgen zum Bauernhof zurück, wo ein Frühstück auf sie wartete. Auch Vanessa, Elli, Max und Fridolin waren am Frühstückstisch der Familie willkommen. Ausgeschlafen und mit vollem Magen sah die Welt für Vanessa nicht mehr so düster aus, zumal Joy gute Nachrichten hatte. Sie war in der Nacht Franco begegnet. Er hatte ihr erzählt, dass es die Scheune flussabwärts nicht mehr gab. Man hatte sie umgebaut und jetzt wohnten Menschen dort. Katzen waren dort immer noch und manchmal machte Franco einen Besuch. Das tat er nicht oft, denn sein ehemaliges Zuhause war weit von dem Bauernhof entfernt. Die Frau, die damals die Katzen versorgte, hatte den scheuen Kater eingefangen, als er eine Wunde am Bein hatte. Als es ihm wieder besser ging und eine Operation überstanden war, hatte ihn die Familie vom Bauernhof abgeholt. Fast drei Wochen war Franco in einem Zimmer gefangen. Er trauerte um seine Freiheit und wollte mit den Menschen, die ihn nun versorgten, nichts zu tun haben. Das konnte selbst das reichliche Futter, welches er nun erhielt, nicht ändern. Als Franco nach draußen durfte, blieb er in der Umgebung des Bauernhofes, weil er hier sein Futter bekam. Nach Monaten fand Franco die Scheune, in der er einst gelebt hatte. Fortan stattete er den Katzen, die dort noch lebten, hin und wieder einen Besuch ab. Franco hatte den Bauernhof als sein neues Zuhause akzeptiert und sich inzwischen mit der Tochter angefreundet. Nur sie durfte ihn streicheln.

Vanessa, Elli, Max und Fridolin machten sich auf den Weg. Mit Franco hatten sie nicht gesprochen. Der Kater war am Morgen nicht zu dem Bauernhof gekommen. So mussten sie sich mit der Auskunft von Joy zufriedengeben. Vanessa packte Elli in den Rucksack. Elli hatte starke Schmerzen im Rücken. Ich werde nicht mehr lange leben, hatte sie am Morgen zu Vanessa gesagt. Elli saß wie ein Häufchen Elend vor Vanessa. Das Kind ahnte, dass Ellis Zeit bald vorüber war. Was würde mit ihr geschehen, wenn die Regenbogenbrücke einstürzte? Ich muss verhindern, dass die Regenbogenbrücke einstürzt, dachte Vanessa. Das war alles, was sie für Elli tun konnte. Vanessa hatte die alte Katze ins Herz geschlossen und der Gedanke an ihren Tod tat weh.

Vanessa spürte, wie sich in ihrem Inneren alles zusammenzog und die Tränen in ihre Augen stiegen.

Sie liefen den Weg zurück, den sie gekommen waren. Es würde nicht einfach sein, die Scheune, die nun ein Wohnhaus war, zu finden. Vanessa konnte sich an ein einsames Haus am Fluss erinnern. Vielleicht ist das die ehemalige Scheune, dachte Vanessa.

Als es Mittag wurde, gönnten sich Vanessa und ihre Freunde eine Pause. Die Bäuerin hatte ihnen Essen mitgegeben, sodass sie nicht hungern mussten. Zum Glück ging es Elli besser. Nach dem Essen schmiegte sie sich an Vanessa und ließ sich ausgiebig streicheln. Auch Max schmiegte sich an Vanessa. Die Nähe der Katzen tröstete das Kind, das immer wieder an seine Eltern dachte, die es schmerzlich vermisste. Würde

sie die Eltern jemals wiedersehen?
Vanessa dachte an ihre Freunde, die
im Klassenzimmer saßen, während sie
in dieser Welt gefangen war. Plötzlich
spürte Vanessa an ihren Beinen eine
Berührung, von der sie nicht wusste,
woher sie kam. Sie winkelte die Beine
an und sah, dass sich dort, wo ihre
Beine eben noch waren, ein Erdhügel
bildete. Ein kleiner Maulwurf spitzte
aus dem Hügel.
„Entschuldigung. Ich ahnte nicht, dass
hier jemand sitzt," ertönte die
Piepsstimme des Maulwurfes.
„Das ist nicht schlimm," antwortete
Vanessa. „Wir machen hier nur eine
kurze Rast und gehen gleich weiter.
„Wo geht ihr hin," fragte der Maulwurf
neugierig.
Vanessa erzählte dem Maulwurf von
ihrer Suche nach der ehemaligen
Scheune und von der
Regenbogenbrücke, die drohte
einzustürzen.
„Das ist ja schrecklich," erwiderte der
Maulwurf, nachdem Vanessa geendet
hatte. „Ich habe von der Scheune, in
der die Katzen leben, gehört. Meine

Mutter hat immer gesagt, dass ich dort nicht hingehen soll. Die Katzen sind für uns Maulwürfe nicht ungefährlich, hat sie immer gesagt."

„Na, ich jage keine Maulwürfe," sagte Max. „Ist mir viel zu blöd darauf zu warten, bis die aus der Erde kommen."

„Keine Ahnung. Ich habe noch nie eine Katze gesehen, weil ich fast immer in der Erde bin," entgegnete, der Maulwurf.

„Ich bin eine Katze," sagte Max. „Elli, hier ist auch eine Katze."

„O, ihr seid aber nett," erwiderte der Maulwurf erstaunt.

„Ja, wie gesagt, ich jage keine Maulwürfe," wiederholte Max seine Aussage.

„Da bin ich froh. Vielleicht hat sich meine Mutter geirrt," antwortete der Maulwurf.

„Nein, nein," schaltete sich Elli in das Gespräch ein. „Es gibt schon Katzen, die Maulwürfe jagen, aber ich habe das auch noch nie getan. Jetzt bin ich zum Jagen zu alt. Du bist der erste Maulwurf, der mir begegnet."

„Ich habe auch noch nie einen Maulwurf gesehen," sagte Vanessa. „Schön, dass wir dich kennenlernen durften."

„Die Freude ist auf meiner Seite," erwiderte der Maulwurf. „Jetzt muss ich weiter. Hoffentlich könnt ihr die Regenbogenbrücke retten."

Mit diesem Satz war der Maulwurf unter der Erde verschwunden.

„Wir werden uns noch etwas ausruhen," sagte Vanessa.

„Das ist eine gute Idee. Ich bin sehr müde," erwiderte Elli.

Als Vanessa das nächste Mal Ellis Stimme hörte, wusste sie nicht, was geschehen war. Sie erschrak sehr.

„Oninra, bitte lass' mich über die Regenbogenbrücke gehen, wenn ich mich von Mel verabschiedet habe," erklang Ellis Stimme.

„Du willst dich von Mel verabschieden? Ich dachte, du wolltest mit dem Kind die Regenbogenbrücke retten," ertönte Oninras Stimme, die so ohne Hoffnung und ohne ein Gefühl war, dass Vanessa erschauderte.

Vanessa richtete sich auf und blickte in die Richtung, aus der die Stimmen kamen. Sie sah Oninra auf der Wiese sitzen. Die schwarze Katze erschien Vanessa noch dünner und ihr schwarzes Fell war ergraut.

„Ich kann nicht von dieser Welt gehen, ohne mich von Mel zu verabschieden," sagte Elli, die vor Oninra auf der Wiese saß.

„Du musst dich entscheiden! Jetzt, in diesem Moment, werde ich dir gestatten über die Regenbogenbrücke zu gehen," hörte Vanessa Oninra, deren Stimme ohne Freude war.

Vanessa erschauderte. Nie hatte sie in ihrem kurzen Leben eine Stimme vernommen, die so hoffnungslos klang. In ihrem ganzen Leben würde sie Oninras Stimme nicht vergessen.

„Mel wird verzweifeln, wenn ich ohne einen Abschied gehe. Bitte hab' doch ein wenig Mitleid mit ihr," bat Elli erneut.

„Entscheide dich jetzt! Ein Abschied von Mel und deine Qualen auf dieser Welt werden mit deinem Tod nicht enden oder ein schönes Leben hinter der Regenbogenbrücke. Du hast die Wahl" erklang Oninras Stimme.

„Dann gehe ich jetzt," sagte Elli und ihre Stimme war voller Trauer. „Ich kann keine Qualen mehr ertragen. Mein Leben als Streunerkatze war voller Elend. Ich habe meine Kinder sterben gesehen, weil ich sie nicht ernähren konnte oder Menschen haben sie getötet. Die meisten Menschen, die mir begegnet sind, haben mein Leiden nicht gesehen. Sie hatten nicht einen Funken Mitleid mit mir. Nur Mel hat mein Leiden gesehen und ihre Liebe war das Schönste, was ich in meinem Leben erleben durfte. Es tut so unendlich weh, sie so zurückzulassen, aber ich kann keine Qualen mehr ertragen. Ich werde jetzt über die Regenbogenbrücke gehen."

„Nein Elli, das darfst du nicht tun. Lass' mich nicht alleine," schrie Vanessa und Tränen rannen über ihr Gesicht.

„Vanessa, Vanessa, was ist los mit dir," hörte Vanessa die Stimme von Max.

Sie riss die Augen auf und spürte Ellis Körper, der neben ihr lag.

„Müssen wir weitergehen," hörte Vanessa Ellis verschlafene Stimme. „Ich bin noch so müde."

Vanessa war nun wach. „Ich hatte einen schlimmen Traum," sagte sie zu Max, der sie ratlos anblickte.

„Uuuuh," gähnte Elli. „Vanessa kann ich in den Rucksack? Ich bin noch so müde."

„Ich trage dich gerne," sagte Vanessa und setzte Elli behutsam in den Rucksack.

Sie setzten ihren Weg fort. Der Weg zurück zu dem Haus, von dem Vanessa vermutete, dass es sich um die ehemalige Scheune handelte, zog sich endlos. Vanessa, Elli, Max und Fridolin waren erschöpft. Sie hatten vergessen, wie viele Tage schon hinter ihnen lagen. Die Zeit hatte an Bedeutung verloren. Tag und Nacht wechselten sich ab und es war kalt. Was wird geschehen, wenn es noch kälter wird, dachte Vanessa. Wie sollten sie Eis und Schnee überstehen? Vanessa musste schlucken, denn sie spürte, wie ihr die Tränen in die Augen stiegen. Sie waren auf einem Weg, von dem sie nicht wussten, ob er sie jemals an ein Ziel führen konnte. Der Traum in der Nacht war in Vanessas Gedanken immer noch lebendig. Was würde mit den Tieren und ihren Menschen geschehen, wenn sie es nicht schaffen konnten, die Regenbogenbrücke zu retten? Plötzlich ahnte Vanessa, dass Oninras Absicht. die Regenbogenbrücke zu zerstören, aus ihrer unendlichen Verzweiflung und Hoffnungslosigkeit geboren war. Vanessa dachte an die Erzählungen ihrer Lehrerin in ihrer Tierschutz AG. Frau Lehmann hatte ihnen von Tierarten erzählt, die ausgestorben waren und von anderen, von denen es nur noch wenige Exemplare gab. Der Mensch hatte die Natur zerstört und den Tieren ihre Lebensgrundlage genommen. Vielen Tiere, die bei ihm lebten, hatte er die Hölle auf Erden bereitet. Wie sollte sie als Kind die Verantwortung, die auf ihren Schultern ruhte, tragen?

„Ich brauche eine Pause," sagte
Vanessa zu ihren Freunden.
„Was ist los? Wir sind doch noch nicht
lange unterwegs," fragte Fridolin
überrascht.
Vanessa setzte sich ins Gras, schlang
die Arme um ihre angewinkelten Beine
und verbarg ihr Gesicht hinter den
Knien. Tränen liefen über ihr Gesicht.
Die schmalen Schultern des
Mädchens bebten. Verzweifeltes
Schluchzen erschütterte ihren ganzen
Körper.
„Liebe Vanessa, bitte, bitte nicht
weinen," erklang Ellis Stimme.
„Ich kann die ganzen
Ungerechtigkeiten, die die Menschen
euch armen Tieren angetan haben,
nicht ertragen," sagte Vanessa und
ihre Tränen wollten nicht versiegen.
„Aber wir haben den Menschen doch
immer wieder verziehen," versuchte
Elli das Kind zu trösten.
„Na, so kann man das jetzt aber nicht
sagen," schaltete sich Max in das
Gespräch ein. Seine Stimme klang
ärgerlich. „Wenn die Tiere den
Menschen alles verziehen hätten,

würde jetzt die Regenbogenbrücke nicht einstürzen! Für uns Tiere wird es kein Leben mehr auf dieser Erde geben. Nach Verzeihung sieht das für mich jetzt nicht aus und toll kann ich das auch nicht finden!"

„Siehst du Elli, und wie soll ich das alles ändern? Ich will zu meinen Eltern," weinte Vanessa.

„Vanessa, bitte lass' uns nicht im Stich," sagte Fridolin traurig. „Wenn du uns aufgibst, haben wir keine Hoffnung mehr."

Fridolins traurige Worte trafen das Kind tief in seiner Seele. Vanessa wischte sich die Tränen aus dem Gesicht. Sie umarmte Elli, Max und Fridolin, die sich eng an sie schmiegten.

„Gehen wir weiter," sagte Vanessa. „Wir haben noch einen weiten Weg vor uns."

Schweigend gingen sie weiter, bis sich Vanessas Magen lautstark bemerkbar machte.

„Wir brauchen dringend etwas zu essen," sagte sie.

„Schaut nur Willys Hütte," rief Fridolin, der ein Stück vor Vanessa lief.

„Willys Hütte? Wie kann das sein," fragte Vanessa verblüfft. „Das einsame Haus am Fluss, von dem ich denke, dass es die alte Scheune war, ist doch ein gutes Stück von Willys Haus entfernt!"

„Ach herrje, da haben wir uns bestimmt verlaufen," erwiderte Max. „Aber wenn wir schon hier sind, können wir doch Willy einen Besuch abstatten. Vielleicht bekommen wir von ihm etwas zu essen."

„Ich verstehe das nicht. Wir sind den Weg zurückgelaufen, den wir gekommen sind. Wie ist es möglich, dass wir das Haus übersehen haben," überlegte Vanessa laut.

„Stimmt, das ist sehr merkwürdig," entgegnete Max.

„Vielleicht ist das Haus verschwunden," sagte Fridolin.

„Aber Fridolin, wie kann ein Haus einfach verschwinden," fragte Vanessa verständnislos.

„In deiner Welt passiert das nicht, Vanessa, aber hier ist alles möglich," erwiderte Fridolin.

„Egal gehen wir zu Willy. Vielleicht hat er ja eine Idee," sagte Max. Sein Bauch verlangte nach etwas Essbarem.

Willy staunte nicht schlecht, als er die Tür öffnete.

„Mit euch hätte ich nicht gerechnet," sagte er und ließ sie eintreten.

Sie erzählten Willy von ihrer Suche nach der alten Scheune, die jetzt ein Wohnhaus war. Zum Glück bekamen sie von Willy ein Abendessen und einen warmen Schlafplatz für die Nacht. Morgen würden sie erneut nach dem Haus suchen. Wenn wir das Haus nicht finden, weiß ich nicht, was wir tun sollen, dachte Vanessa. Das Mädchen war voller Sorgen. Ihr Schicksal war mit dem der Regenbogenbrücke und allen Tieren eng verbunden. Was würde mit ihr geschehen, wenn sie die Regenbogenbrücke nicht retten konnte? Vanessa ahnte, dass sie genau wie die Tiere verloren war.

Nach einer unruhigen Nacht erwachte Vanessa in der Dämmerung. Elli, Max und Fridolin lagen dicht bei ihr und schliefen noch. Vanessa erhob sich vorsichtig von ihrem Nachtlager und ging vor das Haus, wo Willy auf der Bank saß.

„O, schon so früh auf den Beinen," wunderte sich der Mann. „Ich dachte, das ist nur in meinem Alter so, dass man nicht mehr so viel schlafen kann.

„Ich habe Angst," sagte Vanessa. „Was geschieht, wenn ich die Regenbogenbrücke nicht retten kann? Werde ich dann auch sterben? So wie alle Tiere?"

„Na ja, diese Frage kann ich dir nicht beantworten, aber es ist ja nicht gesagt, dass du es nicht schaffen kannst," erwiderte Willy, doch er ahnte, dass für die Tiere und Menschen alles verloren war. Wie sollten die Menschen ohne Tiere leben?

„Ich werde Elli, Max und Fridolin wecken. Wir müssen weitersuchen," sagte Vanessa und ging zurück ins Haus.

Willy folgte ihr. Nachdem Vanessa die drei geweckt hatte, sagte Willy:
„Ihr bekommt noch ein kräftiges Frühstück von mir."
Sie nahmen Willys Angebot dankbar an. Mit vollem Magen sah die Welt weniger düster aus. Vanessa packte Elli in den Rucksack und sie machten sich auf den Weg. In der Hoffnung, die ehemalige Scheune übersehen zu haben, liefen sie erneut flussabwärts. Gegen Mittag trafen sie eine ältere Frau, die einen Handwagen mit Holz belud, welches sie am Ufer des Flusses fand.
„Entschuldigen Sie bitte," sprach Vanessa die Frau an. „Wir suchen ein Haus, das früher einmal eine Scheune war. Dort lebten viele Katzen und eine Frau kam immer, um sie zu füttern."
Die Frau sah Vanessa fragend an.
„Kennst du den Namen dieser Frau," fragte sie.
„Nein, den Namen kenne ich nicht," antwortete das Kind.
„Mhm, lass' mich mal überlegen. Nicht weit von hier gab es früher tatsächlich eine alte Scheune, aber ob da Katzen

waren, weiß ich nicht. Falls ihr nicht in Eile seid, könnt ihr hier mit mir auf meinen Mann warten. Er sammelt auch Holz und müsste bald zurück sein", erwiderte die Frau freundlich.

Vanessa; Elli; Max und Fridolin entschieden sich zu warten. Was sollten sie sonst tun? Die Frau, die die Katzen in der Scheune versorgt hatte, war nur eine kleine Hoffnung. Niemand konnte sagen, ob sie ihnen helfen konnte.

„Was wollt ihr denn von ihr," fragte die Frau neugierig.

Vanessa erzählte ihre Geschichte und die Augen der fremden Frau wurden immer größer.

„Das ist ja furchtbar," sagte sie.

„Schaut, da kommt mein Mann Igor. Vielleicht kann er euch helfen."

Aufgeregt berichtete sie ihrem Mann von dem eben Gehörten. Igor war genauso entsetzt wie seine Frau. Er wiegte seinen Kopf hin und her. Sie konnten sehen, wie angestrengt er nachdachte.

„Ich kann mich an diese Scheune erinnern," sagte er nach einer Weile.

„Das ist schon viele Jahre her. Melina, du kannst dich sicher noch erinnern, denn als ich die Frau kennenlernte, habe ich sofort unseren Peterle ins Herz geschlossen. Im Dorf nannte man die Frau die Streuneroma. Moment, wie hieß sie gleich noch?"

„Sie hieß Luise. Jetzt kann ich mich wieder erinnern. Du bist nach Hause gekommen und unter deiner Jacke war dieser winzige Kater. Peterle war unser Sonnenschein und ich vermisse ihn heute noch schmerzlich," sagte seine Frau traurig.

„Wo können wir die Frau finden," rief Vanessa aufgeregt.

„Das tut mir leid, Kind. Luise ist vor ein paar Jahren gestorben," erwiderte Igor. „Das war eine sehr große Beerdigung damals. Melina, kannst du dich noch erinnern. Wir waren auch da."

„Ja, Igor, diese Frau war etwas ganz Besonderes. Viele Menschen haben sie für das, was sie für Menschen und Tiere getan hat, geliebt," erwiderte Melina.

Vanessa wurde klar, dass sie erneut
einen Strohhalm, an den sie sich
geklammert hatte, verlor. Tränen
kullerten über ihre Wangen.

„Nicht weinen, Kind," sagte Melina und
legte ihren Arm um Vanessas
Schultern.

„Ihr kommt jetzt erst einmal mit zu uns.
Es wird gleich regnen," entschied Igor.
Vanessa, Fridolin, Max und Elli, die im
Rucksack saß, folgten den beiden.
Was sollten sie auch sonst tun?

„Wer werden es nicht schaffen, die
Regenbogenbrücke zu retten," hörte
Vanessa Ellis Stimme aus dem
Rucksack.

„Ach Elli, ich habe im Moment wirklich
keine Idee," erwiderte Vanessa traurig.

„Wir werden nicht aufgeben," meldete
sich Fridolin zu Wort.

„Ja Fridolin, das ist ein guter Plan,
aber was sollen wir tun," erwiderte
Max und seine Stimme klang
ärgerlich.

„Die Frau, die in der alten Scheune die
Katzen versorgt hat, wäre vielleicht
der Mensch mit dem goldenen Herzen
gewesen," sagte Vanessa.

„Das ist eine blödsinnige Aufgabe, die Oninra uns gestellt hat," erboste sich Fridolin. „Wir haben inzwischen so viele Menschen getroffen, die gut zu uns waren. Das müsste doch reichen!"
„Genau und unsere Mel ist wirklich ein Mensch mit einem goldenen Herzen," ereiferte sich Elli. „Wir werden noch einmal zu Oninra gehen. Sie muss das doch einsehen."
„Jetzt kommt ihr erst einmal in die warme Stube," sagte Melina.
Sie waren an einem kleinen Haus angekommen. Hier lebten Melina und Igor.
„Setzt euch an den Tisch. Gleich gibt es etwas zu essen," meldete sich der schweigsame Igor zu Wort. „Ihr könnt heute Nacht hier schlafen. Morgen sieht die Welt wieder anders aus."
„Morgen wird es auch keine Lösung geben," erwiderte Vanessa traurig. Sie konnten Oninra nur um Gnade bitten, doch Vanessa hatte wenig Hoffnung, dass sie ihre Absicht, die Regenbogenbrücke zu zerstören, aufgeben würde. Das Kind ahnte,

dass diese Absicht aus purer Verzweiflung entstanden war.

Vanessa und ihre Freunde verbrachten die Nacht im Haus von Melina und Igor. Nach einem ausgiebigen Frühstück setzten sie ihren Weg fort. Sie würden erneut zur Regenbogenbrücke gehen in der Hoffnung, Oninra doch noch umzustimmen. Ihr weiter Weg führte sie über viele Wiesen. Vanessa bemerkte mit Schrecken, dass es keine Blumen mehr gab. Das Gras hatte eine gelbliche Farbe angenommen.

„Das Ende hat schon bekommen," sagte Vanessa leise.

Vanessa hörte einen tiefen Seufzer von Elli, die sie im Rucksack trug.

„Es ist alles verloren," antwortete Elli. „Ich werde nie das wunderschöne Land hinter der Regenbogenbrücke sehen dürfen."

„Es tut mir so leid, Elli," erwiderte Vanessa und Tränen rannen über ihre Wangen.

„Nicht traurig sein Vanessa,"
entgegnete Elli. „Ich bin glücklich,
dass ich dich kennenlernen durfte."
Traurig setzten sie ihren Weg fort. Die
Welt hatte sich verändert. Ein grauer
Dunstschleier hatte sich über das
Land gelegt und die Sonne völlig
verschluckt. Gegen Mittag setzte
Regen ein, der nicht lange anhielt.
Plötzlich riss der Dunstschleier auf
und die Sonne schien. Ein paar
Minuten später sahen sie einen
Regenbogen, der am Himmel nur
noch als Schatten zu erkennen war.
„Der Regenbogen hat seine Farben
verloren," sagte Max und seine
Stimme war voller Trauer.
„Wir haben verloren," hörte Vanessa
Fridolin, der immer voller Optimismus
war, sagen.
„Ja, wir haben verloren, wenn wir
Oninra nicht umstimmen können,"
sagte Vanessa.
Schweigend setzten sie ihren Weg
fort. Sie hatten die Hoffnung verloren.
Obwohl sie es nicht aussprachen,
glaubte keiner an einen guten
Ausgang.

Am Abend fanden sie eine Scheune. Hier wollten sie die Nacht verbringen. Vanessa teilte das Essen, das sie von Melina am Morgen bekommen hatte, mit Elli, Fridolin und Max. Das Essen linderte ihren Hunger und sie legten sich müde ins Heu. Elli, Max und Fridolin kuschelten sich an Vanessa. Die Nähe tröstete sie. Vanessa dachte an ihre Eltern.

„Ich werde meine Eltern sicher nie wiedersehen," sagte Vanessa.

„Ich hätte dich nie in diese Geschichte hineinziehen dürfen," hörte sie Fridolins Stimme.

„Wir können die Zeit nicht zurückdrehen und du hattest große Hoffnung in mich gesetzt," erwiderte Vanessa.

„Ja, ich habe gehofft, dass ein Menschenkind uns retten kann," antwortete Fridolin. „Es tut mir leid."

„Schlafen wir jetzt," sagte Vanessa. „Wir werden Oninra von den vielen guten Menschen erzählen, die uns begegnet sind. Vielleicht ändert sie ihre Meinung."

5.Kapitel

Die Welt hatte sich verändert. Ein Nebelschleier lag über den Feldern und Wäldern. Alles erschien unwirklich und trostlos. Alles, was zuvor grün war, hatte nun eine graue Farbe angenommen. Sprachen Vanessa und ihre Gefährten miteinander, klangen ihre Stimmen fremd und wie aus einer anderen Welt. Hoffnungslosigkeit legte sich schwer auf ihre Seelen. Sie waren auf einem Weg, von dem sie inzwischen nicht mehr wussten, wohin er sie führen würde. Längst hätten sie die Regenbogenbrücke erreichen müssen, doch die Umgebung erschien ihnen fremd. Nichts erinnerte mehr an den Weg, den sie doch eigentlich kennen mussten. Auch Elli war dieser Weg unbekannt. Sie hatte sich im Rucksack zusammengekauert und Vanessa hört sie hin und wieder seufzen. Vanessa ahnte, dass Elli nicht mehr lange durchhalten würde und diese Erkenntnis machte sie unendlich traurig.

Plötzlich lichtete sich der Nebel und sie blickten in einen blauen Himmel, an dem die Sonne lachte. Dieses Glück war ihnen nicht lange vergönnt, denn schnell zogen dunkle Wolken auf, die Regen zur Erde schickten. Kurze Zeit später wichen die dunklen Wolken der Sonne und ein Regenbogen zeigte sich am Himmel. Vanessa und ihre Freunde hielten inne. Sie sahen, dass der Regenbogen eine große Lücke hatte und kaum noch am Himmel zu erkennen war.

„Ich habe Angst," hörten sie Ellis Stimme aus dem Rucksack.

„Ich auch Elli," sagte Vanessa und ihre Stimme zitterte.

Sie liefen bis zur völligen Erschöpfung weiter. Als sie nicht mehr weiter konnten, legten sie sich unter einen Baum. Die Erde war vom Regen feucht, genauso wie Vanessas Kleidung und das Fell der Tiere. Kälte durchzog ihre Körper, doch sie waren völlig erschöpft und schliefen aneinander gekuschelt ein.

Vanessa erwachte und blickte in einen wunderschönen Sternenhimmel, an dem der Vollmond leuchtete. Nie in ihrem Leben hatte sie einen Sternenhimmel gesehen, der so wunderschön war. Es war, als würde sie unter einer Glocke sitzen. Vanessa sah Sterne, wohin sie auch blickte. Sternenbilder, von denen sie die Namen nicht kannte, konnte sie bestaunen. Das Kind sah sich nach Elli, Max und Fridolin um, doch Vanessa war allein.

„Elli, Max, Fridolin, wo seid ihr," rief Vanessa in den Sternenhimmel.

„Vanessa, du bist hier bei mir. In deinem Traum," ertönte eine sanfte Stimme.

Vanessa blickte sich um. Niemand war zu sehen. Wo waren Elli, Max und Fridolin? Verzweifelt rief sie ihre Namen.

„Wir sind hier allein. Du und ich unter dem wunderschönen Sternenhimmel, der dich für alle Traurigkeit, die du in der letzten Zeit erleiden musstest, entschädigen soll," hörte Vanessa erneut die sanfte Stimme.

„Wer bist du? Wo sind Elli, Max und Fridolin," rief Vanessa voller Verzweiflung. Die Schönheit des Sternenhimmels, der sich über sie ergoss, konnte sie von ihrer Verzweiflung nicht ablenken.

„Vanessa, keine Angst. Du bist mit mir in einem Traum," erklang erneut die sanfte Stimme.

„Bedeutet das, dass ich schlafe," fragte Vanessa voller Verwunderung.

„Ja, du bist hier in deinem Traum," wiederholte die sanfte Stimme.

„Aber wer bist du," sagte Vanessa und blickte sich nach allen Seiten um. Kein Mensch und kein Tier war hier. Sie stand alleine unter dem Sternenhimmel und Angst erfasste das Kind.

„Ich bin der Mond," hörte sie die Stimme sagen.

„Der Mond? Na toll! Wie soll mich der Mond für alles, was passiert, entschädigen," erwiderte Vanessa.

„Aber Kind, warum bist du so verzweifelt," antwortete die Stimme.

„Warum ich verzweifelt bin? Die Regenbogenbrücke stürzt ein und ich bin verzweifelt, weil Elli nicht ins

Regenbogenland gehen kann. Alle Tiere werden sterben! Alles ist verloren," sagte Vanessa und weinte bittere Tränen.

„Aber Vanessa, du solltest nicht verzweifeln. Alles, was du brauchst, um die Welt zu verändern ist in dir," erwiderte der Mond.

„Wie meinst du das? Ich habe doch alles versucht, um die Tiere zu retten, aber die Aufgabe, die Oninra mir gestellt hat, kann ich nicht erfüllen," entgegnete Vanessa voller Verzweiflung.

„Warum kannst du die Aufgabe nicht erfüllen? Die Lösung liegt in dir, Vanessa", sagte der Mond.

Vanessas Verzweiflung wich der Wut. Was sollte sie mit diesem Gespräch anfangen? Sie hatte alles versucht, was in ihrer Macht stand, um die Tiere zu retten.

„Du hast gut reden," antwortete Vanessa und ihre Stimme klang ärgerlich. „Ich sehe keinen Ausweg mehr. Der Regenbogen hat seine Farben verloren und eine riesengroße Lücke. Oninra wird sich nicht umstimmen lassen."

„Vanessa, wie lautet die Aufgabe, die Oninra dir gestellt hat," erkundigte sich der Mond.

„Wir sollen einen Menschen mit einem goldenen Herzen finden. Oninra war mit Mel, die sich seit Jahren um die armen Straßenkatzen kümmert, nicht zufrieden. Auch die Menschen, die uns geholfen haben, konnten sie nicht davon abhalten, die Regenbogenbrücke zu zerstören," sagte Vanessa.

„Ach Vanessa, warum suchst du nach dem Menschen mit einem goldenen Herzen? Wo doch die Lösung vor deiner Nase ist," ertönte die Stimme des Mondes, die von einem Lachen begleitet wurde.

„Jetzt machst du dich auch noch lustig über mich," ärgerte sich Vanessa.

„Aber nein, Kind, du bist der Mensch mit dem goldenen Herzen," sagte der Mond mit sanfter Stimme.

„Waaasss, ich? Wie kann denn das sein," sagte Vanessa und ihre Stimme überschlug sich vor Überraschung.

„Ja Vanessa, du bist ohne nachzudenken Fridolin gefolgt, um die Tiere zu retten. Dein ganzes Leben mit allen Annehmlichkeiten hast du hinter dir gelassen und du hast dich so rührend um Elli gekümmert," entgegnete der Mond.

„Mhm, ob Oninra damit zufrieden ist," sagte Vanessa und ihre Stimme war voller Zweifel.

„Vanessa, du sollst an dich glauben!
Das, was du getan hast, hätten die
allerwenigsten Menschen getan. Du
bist ein Kind mit einem riesengroßen
Herzen und hilfst. Das tun die meisten
Menschen in ihrem ganzen Leben
nicht," antwortete der Mond.
„Oninra, du darfst die
Regenbogenbrücke nicht zerstören,"
ertönte Vanessas Stimme.
„Vanessa aufwachen! Du hast
geträumt!"
Fridolins Stimme weckte Vanessa aus
dem Schlaf. Verschlafen setzte sie
sich auf. Die Kleidung war noch
genauso feucht wie am Abend und
Vanessa verspürte großen Hunger.
„Was ist los," hörte Vanessa Ellis
Stimme. Elli lag auf Vanessas Bauch.
„Ich hatte einen merkwürdigen Traum,
in dem der Mond mit mir gesprochen
hat," erwiderte Vanessa.
„Was hat der Mond gesagt," fragte
Max neugierig. Er war ebenfalls
erwacht und streckte seine Glieder.
„Der Mond hat gesagt, ich sei der
Mensch mit dem goldenen Herzen,
weil ich dir, Fridolin, ohne

nachzudenken gefolgt bin, um die
Tiere zu retten," berichtete Vanessa.
„Kann die Lösung so einfach sein,"
wunderte sich Fridolin.
„Ja, so einfach kann die Lösung sein,"
ereiferte sich Elli. „Vanessa hat alles
für uns Tiere aufgegeben. Der Mond
hat die Wahrheit gesprochen. Gehen
wir zu Oninra."
„Zuerst brauche ich etwas zu essen,"
erwiderte Vanessa.
„Stimmt, ich habe auch großen
Hunger," sagte Max und die beiden
anderen nickten zustimmend.
Sie machten sich auf den Weg und
stellten schnell fest, dass sich die
Umgebung erneut verändert hatte.
Eine kleine Stadt lag nun vor ihnen.
Sie war hell erleuchtet und zu ihrer
großen Überraschung lag dichter
Schnee in den Straßen. Vanessa
wunderte sich, dass sie nicht
erbärmlich fror. Noch immer trug sie
dünne Kleidung.
Als sie auf einem Platz ankamen,
sahen sie, dass Weihnachtsbuden
dort standen. Sie erblickten eine große

Menschenschlange. Drei Frauen verteilten Teller mit Essen.

„Komm', Kind, hier kommst du schneller an die Reihe," hörte Vanessa die Stimme einer Frau. Eine ältere Frau zog sie in die Schlange.

„Dankeschön," sagte Vanessa.

Als sie zu dem Tisch kam, an dem das Essen ausgeteilt wurde, bat Vanessa die Frauen, ihr auch noch etwas Essen für Elli und Max zu geben. Das wenige, was Fridolin aß, konnte sie von ihrem Essen abzweigen.

Nachdem die Frau verstanden hatte, dass es sich bei Elli und Max um Katzen handelte, suchte sie in einer Kiste unter dem Tisch und brachte zwei Dosen Katzenfutter zum Vorschein.

„Hier, das ist für Elli und Max," sagte sie und reichte Vanessa die Dosen und zwei Teller.

Dankbar setzten sie sich auf eine Bank und verzehrten das Essen. Zwei junge Männer setzten sich neben Vanessa auf die Bank.

„Ich werde Susi das allerschönste Weihnachtsgeschenk besorgen," sagte einer der jungen Männer.

„Davon träumst du nur. Mein Geschenk ist tausendmal schöner," erwiderte der Zweite.

„So, so glaubst du, dass sich Susi nicht über meine goldene Uhr freuen wird," lachte der Erste. „Was hast du denn für Susi gekauft? Du hast doch die meiste Zeit kein Geld!"

„Das verrate ich nicht. Mein Geschenk ist viel wertvoller als deine blöde Uhr," ertönte die zweite Stimme und Vanessa ahnte, dass der junge Mann keineswegs ein wertvolles Geschenk gekauft hatte, denn seine Stimme war leise geworden.

„Aha, dachte ich es mir doch! Du hast überhaupt kein Geschenk für Susi. Sie wird dich auslachen und mit mir ausgehen," sagte der erste Mann und seine Stimme klang sehr siegessicher.

„Stimmt, ich habe noch kein Geschenk, aber ich werde ihr noch das tollste Geschenk dieser Welt besorgen," sagte der zweite Mann und diesmal klang seine Stimmer viel selbstbewusster.

„Ich lach' mich tot. Du hast kein Geschenk und kein Geld, um eines zu kaufen. Jetzt werde ich mir erst einmal eine leckere Waffel und Glühwein kaufen. Alles Dinge, die du dir nicht leisten kannst," lachte der erste Mann und seine Stimme war voller Spott. Als der junge Mann verschwunden war, senkte der zurückgebliebene traurig den Kopf.

„Was soll ich nur tun. Susi wird mich auslachen, wenn ich ohne Geschenk vor ihr stehe. Am besten bleibe ich zu Hause und lasse mich auch nach den Feiertagen nicht mehr bei ihr blicken," sagte er traurig zu sich selbst.

„Nicht traurig sein," sagte Vanessa. „Ihre Freundin wird sich bestimmt freuen, wenn sie sie zu Weihnachten besuchen."

Der junge Mann sah Vanessa erstaunt an. Durch seine Sorge und dem Streit mit seinem Freund hatte er das Kind und die Tiere, die ebenfalls auf der Bank saßen, überhaupt nicht wahrgenommen.

„Ach, was weißt du schon. Du bist doch ein Kind. Ich bin schon seit zwei Jahren in Susi verliebt und dieser blöde Horst will mich immer bei ihr schlechtmachen. Jetzt hat er noch eine goldene Uhr gekauft und ich habe kein Geld, um überhaupt ein Geschenk zu kaufen," jammerte der junge Mann. „Wer bist du überhaupt?"
„Ich bin Vanessa und das hier sind Elli, Max und Fridolin und wie ist dein Name," erwiderte Vanessa.
„Christian. Ich heiße Christian," antwortete der junge Mann.
„Christian, es ist nicht schlimm, wenn du deiner Freundin kein teures Geschenk kaufen kannst. Es gibt so vieles, das wichtiger ist als Geschenke," sagte Vanessa.
„Du bist ein Kind und kannst das noch nicht verstehen," entgegnete Christian. „Ohne ein Geschenk will Susi bestimmt nichts von mir wissen. Sie wird nur noch Augen für Horst haben."
„Glaube ich nicht," ereiferte sich Vanessa. „Ich wäre schon froh, wenn ich Weihnachten zu Hause wäre."

„Aber warum bist du nicht bei deinen Eltern. Du bist doch ein Kind," wunderte sich Christian.

Fridolin schaltete sich in ihr Gespräch ein und erzählte Christian von der Regenbogenbrücke, die drohte einzustürzen und von Vanessas Mut.

„O, das ist vielleicht eine verrückte Geschichte," sagte Christian und blickte Vanessa aus großen Augen an. „Da sind meine Sorgen geradezu lächerlich."

„Ja, deine Sorgen sind wirklich lächerlich," erwiderte Vanessa traurig. „Warum schenkst du Susi nicht einfach deine Freundschaft? Was ist wertvoller als ein Freund, der zu ihr steht?"

Christian war ganz nachdenklich geworden.

„Du hast recht, Vanessa! Sehr peinlich, dass ein Kind mich auf den Boden der Tatsachen zurückholen muss.," sagte Christian. „Wenn Susi nur teure Geschenke mag, ist sie nicht die Richtige für mich. Ich hoffe, sie lässt sich nicht von der teuren Uhr beeindrucken."

Horst kam zurück.

„Na, wie sieht's mit deinen Plänen aus für Susis Weihnachtsgeschenk," fragte er höhnisch. „Ich muss jetzt gleich los. Morgen ist es soweit und da gibt's noch einiges vorzubereiten."

„Ja, geh' du nur vorbereiten," lachte Christian. „Mein Geschenk wird deine blöde Uhr übertreffen!"

Horst brach in schallendes Gelächter aus.

„Was ist denn dein tolles Geschenk, so plötzlich," lachte er spöttisch.

„Ich werde Susi meine Freundschaft schenken. Freundschaft ist viel wichtiger als so eine blöde Uhr," sagte Christian selbstbewusst.

Vanessa, Max und Fridolin setzten ihren Weg fort. Elli saß wieder im Rucksack. Die alte Katze hatte keine Kraft mehr zum Laufen.

„Wie kann man nur so verrückt nach einem Geschenk sein," sagte Vanessa nach einer Weile. „Gut, ich freue mich natürlich auch, wenn ich ein Geschenk bekomme, aber meine Mutter sagt immer, dass nicht der Wert, sondern die Absicht, dem Beschenkten etwas

Gutes zukommen zu lassen, den Wert eines Geschenkes ausmacht."

„Ja, ja, aber da ist deine Mutter so ziemlich alleine mit ihrer Meinung," erwiderte Fridolin, und seine Stimme klang ärgerlich. „Die Menschen haben immer mehr und mehr und mehr geschenkt. Da gibt es keine guten Absichten mehr. Nur der Wert eines Geschenkes ist noch wichtig. Alles ist genauso wie bei Horst und Christian. Jeder will mehr schenken! Die Menschen sind voller Neid und Habgier."

„Du hast sicher recht, Fridolin," erwiderte Vanessa nachdenklich. „Ich kenne das auch von meinen Freundinnen und Freunde. Die haben immer über mich gelacht, weil ich nur kleine Geschenke bekommen habe. Das hat mich schon verletzt."

„O ja, so sind die Menschen. Was nicht in ihr kleines Denken passt, wird ausgegrenzt. Deswegen haben wir jetzt auch den Schlamassel mit der Regenbogenbrücke. Daran sind nur die dummen Menschen schuld," antwortete Fridolin und jetzt klang seine Stimme sehr ärgerlich.

„Denkst du, dass die vielen Geschenke die Ursache sind," wunderte sich Vanessa.

„Nein, natürlich ist das nicht die Ursache allein," ereiferte sich Fridolin. „Die Menschen kennen keine Rücksicht und sehen nur ihre eigene Nase. Sie wollen alles haben, ohne darüber nachzudenken, was sie anderen antun. Ja, und was sie mit ihrer Gier und Rücksichtslosigkeit den Tieren antun, ist ihnen völlig egal!"

„Aber Fridolin, nicht alle Menschen sind so böse," sagte Vanessa.

„Nein, nicht alle Menschen sind so. Es gibt die Menschen, die ein wenig Licht in diese dunkle Welt bringen," antwortete Fridolin.

„Genau. Du Vanessa zum Beispiel oder unsere Mel," meldete sich Elli aus dem Rucksack.

„Na ja, wenn wir es wirklich schaffen Oninras Meinung zu ändern, werde ich alles tun, was ich tun kann, um die Menschen zu ändern," versprach

Vanessa den Tieren, die sie
begleiteten.

„Das wirst du bestimmt tun, Vanessa,"
sagte Max. „Du bist ein wirklich guter
Mensch. Welcher Mensch würde sich
das hier antun. Du möchtest den
Tieren helfen."

„Und du trägst mich seit Tagen tapfer
im Rucksack," antwortete Elli.

„Das tue ich gerne, obwohl ich Angst
habe, meine Eltern nie wieder zu
sehen," entgegnete Vanessa.

„Ja Vanessa, ich habe nur noch wenig
Hoffnung, dass wir es schaffen, diese
Welt vor dem Abgrund zu retten,"
sagte Fridolin leise.

Sie liefen weiter. Es war jetzt kalt in
dieser fremden Welt und Vanessa
dachte voller Wehmut an das
Weihnachtsfest, das sicher auch in
ihrer Welt gefeiert wurde. Alles war
ihnen fremd. Nichts erinnerte sie an
den Weg zur Regenbogenbrücke, den
sie bereits gegangen waren.

Als eine Hütte vor ihnen auftauchte,
entschloss sich Vanessa zu klopfen.
Es wurde bereits dunkel und ein
warmes Feuer würde ihnen guttun.

Vielleicht gab es hier nette Menschen, die ihnen halfen. Eine freundliche Frau öffnete ihnen, die sie bereitwillig eintreten ließ, als Vanessa darum bat.

„Warum bist du am Heiligen Abend alleine unterwegs, Kind," wunderte sich die Frau.

„Ich bin nicht alleine. Elli, Max und Fridolin sind bei mir. Wir sind auf dem Weg zur Regenbogenbrücke," erwiderte Vanessa und erzählte der verwunderten Frau die ganze Geschichte.

„Das ist so traurig," sagte die Frau, als Vanessa geendet hatte. „Bitte bleibt hier heute Abend. Ich bin ganz alleine und freue mich über etwas Gesellschaft. Essen habe ich genug. Eigentlich wäre eine Freundin zum Abendessen gekommen, doch sie wurde krank."

Dankbar nahmen sie das Angebot an und als sie mit der Alina, wie die Frau hieß, nach dem Essen vor dem warmen Ofen saßen, sagte Alina plötzlich:

„Schade, dass ich keine Geschenke für euch habe, aber wisst ihr was, ich werde euch eine Geschichte schenken. Hier sind noch warme Decken, damit ihr es schön kuschelig habt. Ich erzähle euch jetzt die Geschichte von den Gefährten des Winters:

Einmal passierte eine merkwürdige Geschichte. Die war so ungewöhnlich, ihr werdet sie mir nicht glauben, doch ich versichere euch, sie ist genauso geschehen.

Eines Tages wusste der Winter nicht mehr, dass er der Winter war. Er hatte einfach vergessen, was er zu tun hatte. Das Einzige, was er noch wusste war, dass der Winter kalt sein musste.

In seiner Not schickte er eine Eiseskälte über das Land, die die Menschen zwang in ihren Häusern zu bleiben. Die Flüsse und Seen erstarrten, und selbst das Meer wurde zu Eis.

Der Winter jedoch war nicht zufrieden, als er sich im Land umsah, denn er ahnte, dass nicht allein die Kälte zum Winter gehörte. Und so dachte er nach und dachte nach und dachte nach und streifte durch das Land auf der Suche nach den Gefährten des Winters.

Auf seinem Wege begegnete ihm ein gar stürmischer Geselle, der mit tosendem Gebrüll um die Häuser zog.

„Wer bist du," fragte der Winter.

„Ich bin der bitterkalte Nordwind, der die Nasen der Menschen zum Triefen bringt," donnerte der Nordwind.

Aha, der Nordwind, dachte der Winter. Das ist bestimmt einer meiner Gefährten, denn wer so viel Kälte verbreiten kann, muss zu mir gehören.

Es dauerte nicht lange, da traf der Winter auf einen neuen Gefährten. Dieser Gefährte tauchte das ganze Land in ein weißes Gewand. Wieder fragte der Winter:

„Wer bist du?"

„Du kennst mich nicht," fragte der Schnee erstaunt. „Ich bin einer deiner treusten Gefährten. Ich verwandle über Nacht das ganze Land in eine weiße Pracht, denn ich bin der Schnee."

Der Winter war schon sehr zufrieden, denn nun hatte er schon zwei seiner treuen Gefährten gefunden. Gemeinsam zogen sie durch das Land. Der Winter schickte seine Kälte, der Nordwind stürmte und tobte und wirbelte die Flocken, die der Schnee zur Erde schickte.

So macht mir das Freude, dachte der Winter fröhlich, zusammen mit meinen Gefährten durch die Lande ziehen und die Menschen und Tiere zum Frieren bringen.

Frohen Mutes zogen der Winter, der Nordwind und der Schnee ihre Wege, bis sie eines Tages wundervolle Klänge vernahmen. Glocken läuteten,

Kinder sangen und in den Straßen war ein wundervoller Duft.

„Was ist das nur," fragte der Winter erstaunt seinen Gefährten den Nordwind.

„Aber Winter, du hast doch nicht etwa das Weihnachtsfest vergessen," sagte der Nordwind und der tosende Sturm wurde zu einem schallenden Lachen.

Uiii, dachte der Winter, Weihnachten, jetzt fällt es mir wieder ein! Das schönste Fest des Jahres, die glücklichen Menschen, schöne Lieder, Geschenke und Kinder, die vor lauter Aufregung rote Wangen haben. Dieses schöne Fest gehört auch zu mir! Ich bin nicht nur kalt und stürmisch, sondern bringe den Menschen auch Freude. Und wenn ich weiter darüber nachdenke, so fallen mir die Kinder ein, die sich am Schnee erfreuen, Schlitten fahren, Schneemänner bauen und schöne Wintertage, an denen die Sonne scheint. Ich bin schon ganz schön vielseitig, aber irgendwie kann das nicht alles gewesen sein, grübelte der Winter. Bestimmt habe ich noch viel mehr Gefährten, die ich vergessen habe.

Es dauerte nicht lange und die Weihnachten verließ den Winter. Das ist schade, dachte der Winter, ein Gefährte hat mich verlassen. Doch ehe er es sich versah, tauchte schon ein neuer Gefährte auf, und dieser machte eine dunkle, kalte Winternacht zu einem hellen Lichtermeer.

„Wer bist du," fragte der Winter „Du bist so wunderschön mit all deinen Lichtern und ich hoffe, dass du mich noch lange begleiten wirst."

„Ich bin das Neue Jahr und mich feiern die Menschen zum Jahreswechsel, ich mache Stimmung und erfreue die Menschen in vielen, vielen Ländern zur gleichen Zeit. Man feiert mich mit einem tollen Feuerwerk, das den Nachthimmel erhellt und überall läuten die Glocken. Doch so schnell wie ich gekommen bin, so schnell bin ich auch wieder verschwunden!"

Nun gut, dachte der Winter. Die Gefährten Weihnachten und Neues Jahr haben mir nur sehr wenig ihrer Zeit geschenkt, doch zum Glück habe ich den Nordwind und den Schnee. Diese Gefährten werden mich nicht verlassen!

So gingen viele Tage ins Land, und schon bald merkte der Winter, dass etwas nicht stimmte. Der Nordwind war von Tag zu Tag stiller geworden und eines Morgens war der Gefährte Schnee verschwunden.

Was ist nur geschehen, dachte der Winter, der Schnee hat mich verlassen und den Nordwind kann ich nur noch selten hören. Irgendwie hat sich die Welt verändert, denn die Kälte, die ich ihr schicke, bringt sie nicht mehr zum Klirren.

Und während der Winter so darüber nachdachte und zu den Kronen der Bäume sah, die nun nicht mehr kahl und starr waren, sondern grüne Knospen trugen, da blinzelte ein Gefährte durch die Bäume, den der Winter so überhaupt nicht kannte.

„Wer bist du," fragte der Winter voller Furcht.

„Ich bin der blaue Himmel, der nach dem langen kalten Winter durch die Bäume spitzt und die warme Sonne, die den Schnee zum Schmelzen bringt. Ich schenke der Natur neues Leben."

Dem Winter wurde ganz bang. Er spürte, wie ihn alle Kraft verließ, und sein letzter treuer Gefährte, der eiskalte Nordwind war mit einem letzten kurzen Sturm einfach verschwunden.

Nun war der Winter allein, und der blaue Himmel und die warme Sonne vertrieben seine Eiseskälte und machten ihn schwach. Nur noch ganz selten gelang es dem Winter seine Kälte zur Erde zu schicken und traurig musste er mit ansehen, wie der letzte Schnee schmolz und auch der tapferste Schneemann in der warmen Sonne zu Wasser wurde.

Und als der Winter spürte, wie ihn seine Kraft verließ, da erblickte er einen Gefährten der ihm so gar nicht gefiel.

„Wer bist du," fragte der Winter leise.

„Ich bin der Frühling, der voller Schwung um die Ecke kommt, der dich kalten Gesellen vertreibt, der Blumen aus der Erde lockt und den Menschen helle Tage schenkt."

Der Winter wusste, dass nun seine Zeit zu Ende war, und er verschwand zu einem anderen Teil der Erde, doch er war nicht traurig darüber, den er wusste nun wieder, wer er war.

„Ich bin der Winter! Schon bald werde ich mit meiner Kälte in dieses Land zurückkommen," sprach er listig und entschwand zu seinen Gefährten, die in einem anderen Land schon auf ihn warteten.

„Das war eine wunderschöne Geschichte," sagte Vanessa und plötzlich liefen Tränen über ihre Wangen. „Ich vermisse meine Eltern so sehr."
„Alles wird gut, du wirst sehen," antwortete Alina.
„Das glaube ich nicht," erwiderte Vanessa und wurde von einem Weinkrampf geschüttelt.
„Es tut mir so leid," sagte Fridolin. „Ich hätte dich nie um Hilfe bitten dürfen."
Vanessa wischte die Tränen aus ihrem Gesicht.
„Nein, Fridolin, es war richtig, dass du mich zu Hilfe geholt hast. Wenn jeder wegsieht, wird sich nie etwas ändern! Wir werden die Regenbogenbrücke finden und Oninra sagen, dass ich der Mensch mit dem goldenen Herzen bin," sagte Vanessa kämpferisch.

„Genau Vanessa, wir werden kämpfen bis zum Schluss," meldete sich Max zu Wort.

Vanessa blickte zu Elli, die neben ihr auf dem Sofa lag. Elli schlief tief und fest. Als Vanessa über ihr Fell strich und die Knochen unter dem Fell spürte, sagte sie:

„Elli wird nicht mehr lange durchhalten können. Das macht mich unendlich traurig. Wir müssen es schaffen Oninra umzustimmen. Das bin ich Elli schuldig."

„Du bist ein ganz besonderes Kind, Vanessa," sagte Alina. „Dein Mut wird dafür sorgen, dass alles gut wird. Hab' Vertrauen, dann wird alles gut und du wirst deine Eltern wiedersehen."

Nach einem ausgiebigen Frühstück setzten sie ihren Weg fort. Alina hatte ihnen Essen eingepackt. Vanessa hatte die schlafende Elli in ihren Rucksack gepackt und die alte Katze war nicht aufgewacht. Vanessa ahnte, dass es mit Elli zu Ende ging.

Als sie nach einer Weile eine Pause einlegten, wiegte Vanessa Elli, die erwacht war, in ihren Armen.

„Sind wir wieder auf dem Weg zur Regenbogenbrücke," fragte Elli erstaunt.

„Ja Elli, wir sind auf dem Weg zur Regenbogenbrücke. Du musst etwas essen," erwiderte Vanessa voller Sorge.

„Ich habe keinen Hunger, Vanessa. Meine Zeit läuft ab. Das spüre ich ganz genau," erwiderte Elli mit leiser Stimme. „Ich bin froh, dass du bei mir bist, Vanessa. So muss ich nicht alleine sterben."

„Elli, du darfst nicht sterben. Wir werden es schaffen die Regenbogenbrücke zu retten," rief Vanessa voller Verzweiflung und Tränen liefen über ihr Gesicht. Die Aussicht, dass Elli sterben musste, tat so unendlich weh.

„Ach Vanessa, du hast alles getan, aber wir können den Weg zur Regenbogenbrücke einfach nicht mehr finden. Ich bin so unendlich müde," antwortete Elli und schlief erneut ein.

„Oninra, warum tust du Elli das an,"
schrie Vanessa voller Verzweiflung.
Ihre Stimme klang wie aus weiter
Ferne, so, als würde sie in dieser
unwirklichen Welt verloren gehen.
Vanessa blickte in den
wolkenverhangenen Himmel. Alles in
ihrer Umgebung war ihr fremd. Sie

würden die Regenbogenbrücke nicht
finden. Sie saß hier und hielt Elli, die
nur noch schwach atmete, in ihren
Armen. Fridolin und Max hatten sich
ganz eng an sie gedrängt.
Verzweiflung hatte sie erfasst. Das
war alles so ungerecht.

„Oninra, warum tust du Elli das an,"
schrie Vanessa erneut in den
wolkenverhangenen Himmel. Die
Verzweiflung, der Schmerz und die
Ohnmacht- all das schrie Vanessa in
den grauen, wolkenverhangenen
Himmel.
Plötzlich teilten sich die grauen
Wolken und ein lichter blauer Himmel
erschien. Vanessa, Max und Fridolin
sahen die Regenbogenbrücke. Elli lag
schlaff in Vanessas Arme.
„Elli, Elli, bitte jetzt nicht sterben. Wir
sind am Ziel," rief Vanessa und die
alte Katze hob mühsam ein wenig
ihren Kopf. „Oninra, wo bist du?"
„Ich bin hier," ertönte Ellis schwache
Stimme.
„Elli, du kannst nicht Oninra sein,"
sagte Vanessa und hob die alte Katze
an ihr Gesicht. Die Tränen des Kindes
durchnässten Ellis Fell.
„Doch Vanessa, ich bin Oninra. So wie
viele andere Tiere, die Leid von
Menschen erfahren haben, Oninra
sind. Wir sind die Tiere, die im
Verborgenen leiden," sagte Elli und
ihre Stimme klang fremd.

„Aber ich bin doch für dich da und würde alles für dich tun," weinte Vanessa.

„Ja Vanessa, du bist ein Mensch mit einem goldenen Herzen, doch diese Menschen sind so selten geworden und die wenigen, die es noch gibt, können uns Tiere nicht retten," ertönte Ellis Stimme wie aus weiter Ferne.

„Aber es kann doch nicht alles verloren sein! Fridolin hat mich um Hilfe gebeten und ich habe alles getan, um die Tiere zu retten. Elli, wir haben viele gute Menschen getroffen, die uns geholfen haben. Das kann doch nicht umsonst gewesen sein," erwiderte Vanessa verzweifelt.

„Alles ist verloren, leider. Die Regenbogenbrücke wird einstürzen. Das Leben der Tiere auf dieser Erde wird zu Ende sein und die Menschen werden in einer tiefen Einsamkeit ertrinken. Es wird keine Freude und Hoffnung mehr auf dieser Erde geben. Das ist der Preis für die Menschen, für alle Qualen, für alle Schmerzen, für die Gleichgültigkeit, die wir Tiere erfahren mussten. Die Menschen werden bestraft für all ihre Verfehlungen und ihr Leben ohne Tiere wird nicht mehr lange dauern auf dieser Erde," antwortete Elli und schloss die Augen. „Leb' wohl Vanessa. Es tut mir so leid für die wertvollen Menschen, die dieses Schicksal ereilt."

Vanessa spürte, wie das Leben aus Ellis Körper entwich. Voller Verzweiflung vergrub sie ihr Gesicht im Fell der Katze, die nun ihre letzten Atemzüge tat. Als sie ihren Kopf zur Seite dreht, sah sie Max und Fridolin. Beide Tiere lagen in ihren letzten Atemzügen auf der Erde.

„Nein, nein, das kann nicht sein," schrie Vanessa in eine Welt, die grau und ohne Leben war. Die Regenbogenbrücke war einer dunklen Wolke gewichen und Elli, Max und Fridolin waren verschwunden.

6.Kapitel

„Vanessa aufwachen. Es ist Zeit zum Aufstehen. Vanessa wach' werden!" Die Stimme der Mutter riss Vanessa aus ihrem Traum. Verwirrt öffnete sie die Augen. Das, was sie im Traum erlebt hatte, war allgegenwärtig und real. Vanessa schaffte es nicht, sich aus ihrem Traum zu lösen.
„Wo ist Elli," fragte Vanessa und Tränen liefen über ihre Wangen.
„Wer ist denn Elli," fragte die Mutter.
„Hattest du einen schlechten Traum?" Das Buch in dem Vanessa am Abend gelesen hatte, rutschte vom Bett und fiel zu Boden.
„O, du hast in dem Buch gelesen, welches wir dir zum Geburtstag geschenkt haben. Gefällt dir die Geschichte von den Katzen vom Fluss," bemühte sich die Mutter, ihre Tochter von ihrem schlimmen Traum abzulenken.
„Ja, das Buch ist sehr schön," erwiderte Vanessa und rieb sich den Schlaf aus den Augen. „Vielleicht hatte

ich wegen des Buches diesen merkwürdigen Traum."

„Was hast du denn geträumt," fragte die Mutter, die ahnte, dass ihre Tochter immer noch in ihrem Traum gefangen war.

Vanessa erzählte ihrer Mutter von ihrem Traum. Die Mutter hörte aufmerksam zu.

Na ja, ich denke, es ist sehr wichtig, dass du dich mit diesen Themen beschäftigst. Frau Lehmann hat mir bei der letzten Elternsprechstunde erzählt, dass du in ihren Arbeitsgruppen mit vollem Einsatz bei der Sache bist," sagte die Mutter. Sie ließ bewusst die Uhrzeit außer Acht, denn sie ahnte, dass ihre Tochter den Traum nicht so schnell vergessen konnte.

„Ja, das stimmt," erwiderte Vanessa und schälte sich aus dem warmen Bett. „Ich muss mich beeilen, sonst komme ich zu spät zur Schule."

Der Traum ließ Vanessa nicht los. Sie musste den ganzen Tag daran denken. Alles war so echt gewesen. Vanessa hatte noch nie einen Traum, der sie derart beschäftigte. Sie konnte an dem Tag dem Unterricht kaum folgen und war froh, dass die letzte Stunde bei Frau Lehmann war. Frau Lehmann war ihre Biologielehrerin und leitete die Tierschutz AG die Vanessa jeden Mittwoch nach den Hausaufgaben, die sie in der Schule machte, besuchte. Vanessa besuchte eine Ganztagsschule und nach den Hausaufgaben konnten die Kinder spielen oder an einer AG teilnehmen. Vanessa besuchte nicht nur am Mittwoch die Tierschutz AG von Frau Lehmann, sondern hatte sich am Dienstag auch für ihre Umweltschutz AG eingetragen. Sie war mit Feuer und Flamme bei diesen Arbeitsgruppen aktiv und freute sich jedes Mal, wenn sie stattfanden. Heute war Mittwoch und Vanessa nahm sich vor, Frau Lehmann von ihrem merkwürdigen Traum zu erzählen.

In der Pause erzählte Vanessa ihrer Freundin Franziska und ihrem Freund Ben von dem merkwürdigen Traum.

„Vielleicht müssten wir einfach mehr tun," sagte Franziska. „Wir sprechen in den Arbeitsgruppen immer, was alles um uns herum passiert. Wäre es nicht besser, wenn wir selbst aktiv würden?"

„Da hast du sicher recht," erwiderte Ben. „Was hilft es, wenn wir nur darüber reden, wie schlimm doch alles ist. Es wäre sicher besser, wenn wir etwas verändern könnten."

„Aber, was können wir tun," fragte Vanessa.

„Och, ich habe im Internet gelesen, dass ein Junge es geschafft hat, Tausende Bäume zu pflanzen. Sein Vorbild hat dazu beigetragen, dass Menschen in der ganzen Welt begonnen haben, Bäume zu pflanzen. Das wäre doch toll, wenn wir so etwas auch machen würden," entgegnete Ben und seine Stimme war voller Begeisterung.

„Echt? Das hat ein einzelner Junge geschafft," entgegnete Franziska erstaunt.

„Ja, das hat ein einzelner Junge geschafft," antwortete Ben. „Wir

könnten mit Frau Lehmann sprechen.
Sie würde uns bestimmt helfen."
So war es eine beschlossene Sache,
dass sie am Nachmittag mit Frau
Lehmann über ihr Vorhaben sprechen
würden. Vanessa dachte, dass das
sicher eine gute Idee war. Sie dachte
immer noch an die Vanessa in
ihrem Traum, die ausgezogen war, um
die Tiere zu retten. Hier in der Schule
über den Tier-und Umweltschutz zu
sprechen war sicherlich eine gute
Sache, denn so lernten sie Dinge, die
ihnen unbekannt waren. Jetzt ist es
aber an der Zeit, ihr Wissen
umzusetzen und irgendwo zu helfen,
dachte Vanessa.

„Vanessa, kannst du mir den
Lösungsweg der Aufgabe bitte
erklären," hörte Vanessa die Stimme
von Herrn Neumann.
Vanessa war im Mathematikunterricht
unaufmerksam. Das war
normalerweise nicht ihre Art. Sie war
eine gute Schülerin und brachte sich
sonst im Unterricht ein. Herr Neumann
hatte bemerkt, dass sie heute sehr
unaufmerksam war.

„Tut mir leid, Herr Neumann. Ich habe nicht zugehört," sagte Vanessa ehrlich.

„Na, dann lass' das Mal nicht zur Gewohnheit werden, Vanessa. Nächste Woche steht unsere Klassenarbeit an. Ich hoffe doch, dass du da nicht so unaufmerksam bist wie heute," tadelte Herr Neumann sie.

„Nein, nein Herr Neumann. Das wird nicht passieren. Ich habe heute keinen guten Tag. Schlecht geschlafen, denke ich," versuchte Vanessa eine Erklärung.

„Okay, dann kann uns vielleicht Marina den Lösungsweg erklären," sagte Herr Neumann.

In der Tierschutz-AG konnte Vanessa es kaum abwarten Frau Lehmann und den anderen Kindern von ihrem merkwürdigen Traum zu erzählen. Alle lauschten gespannt ihren Schilderungen, die so lebendig waren, dass alle im Raum den Eindruck hatten, sie wären mit Vanessa in ihrem Traum. Als sie geendet hatte, meldete sich Ben zu Wort:

„Heute Morgen haben wir darüber gesprochen, dass wir viel lieber etwas für Tiere tun wollen, als nur darüber zu reden, Frau Lehmann."

Frau Lehmann hatte sich interessiert Vanessas Erzählung angehört und nahm Bens Aussage voller Freude zur Kenntnis. Ich habe alles richtiggemacht, dachte Frau Lehmann und ein Lächeln huschte über ihr Gesicht. Immer war es für sie ein wichtiges Anliegen, Kinder für den Tier-und Umweltschutz zu begeistern. Gleich am Anfang hatte sie gespürt, dass die Kinder in ihrer neuen AG etwas ganz Besonderes waren. Sie waren von Anfang an den Themen interessiert und bedauerten fast immer, dass die AG so schnell vorüber war. Besonders Vanessa, Franziska und Ben hatten die restlichen Kinder mit ihrer Begeisterung mitgerissen.

„Das war wirklich ein ganz besonderer Traum," sagte Frau Lehmann nachdenklich. „Die Idee, dass ihr aktiv etwas für den Tierschutz tun wollt, finde ich großartig. Wir könnten gemeinsam überlegen, was wir tun können."

„Ich will so werden wie die Streuneroma in meinen Büchern, die ich zum Geburtstag von meinen Eltern bekommen habe," sagte Vanessa und das Gesagte kam ihr sofort etwas lächerlich vor.

„O, ich glaube, ich kenne die Bücher, die du gerade liest," schmunzelte die Lehrerin. „Sind das zufällig die Katzen vom Fluss."

„Ja genau, Sie kennen die Bücher, Frau Lehmann," erwiderte Vanessa überrascht.

„Ja, ich kenne die Bücher," antwortete die Lehrerin. „Vor Kurzem bin ich im Internet darauf gestoßen und was soll ich sagen. Ich habe die Bücher in ein paar Tagen verschlungen."

Vanessa nickte eifrig: „Das geht mir genauso. Ich wäre gerne wie die Streuneroma und die Menschen in den Büchern, die auf dem Bauernhof leben. So würde ich auch gerne leben."

Frau Lehmann lachte: „Stimmt Vanessa, auch für mich wäre das ein

Traum, aber wir wollen nicht vergessen, dass wir jetzt nicht einen Bauernhof kaufen können."
Die anderen Kinder waren erstaunt. Sie kannten die Bücher nicht und verstanden nicht, worüber Vanessa und Frau Lehmann sprachen. Frau Lehmann schrieb die Namen der Bücher an die Tafel.
„Vielleicht wollt ihr die Bücher auch lesen," sagte sie zu den Kindern. „Sie werden euch ganz bestimmt gefallen. Aber jetzt wollen wir zusammen überlegen, was wir aktiv tun können. Ich finde diese Idee sehr gut."
Die Kinder schwiegen. Niemand hatte eine Idee. Vanessas Gedanken waren bei den Büchern. Sie konnten nicht losrennen und streunende Katzen retten. Was würden ihre Eltern dazu sagen, wenn sie die mit nach Hause brachte? Vanessa nahm sich vor, so zu werden wie die Streuneroma, wenn sie erst erwachsen war, doch im Moment brachten sie die Bücher nicht weiter.

Frau Lehmann sah, dass die Kinder mit der Aufgabe überfordert waren und entschloss sich ihnen zu helfen: „Was haltet ihr davon, wenn wir in der nächsten Tierschutz AG im Wald Müll einsammeln. Da gibt es so viel zu tun," sagte sie.

„Die Kinder sahen sie überrascht an.

„Stimmt, wenn ich mit meinen Eltern im Wald spazieren gehe habe ich schon viel Müll gesehen," meldete sich Lena zu Wort.

„Wir könnten aber auch einen Basar organisieren und mit dem Geld, das wir dort verdienen, Futter für die Tiere im Tierheim kaufen," sagte Franziska.

„Oder wir könnten für das Geld junge Bäume kaufen und diese pflanzen. So wie der Felix in dem Buch, das ich vor Kurzem gelesen habe," sagte Ben.

„So viele gute Ideen," freute sich Frau Lehmann. „Einen Basar zu organisieren braucht allerdings Zeit. Wir brauchen Menschen, die uns helfen. Wir brauchen Helferinnen und Helfer, die Kuchen backen, Bastelartikel zu Verfügung stellen oder sonstige Dinge, die wir verkaufen können, für uns haben. Das müssen wir gut vorbereiten."

„Wir könnten in der Tierschutz AG Müll einsammeln und in der Umweltschutz AG einen Basar planen. Was haltet ihr davon," schaltete sich Vanessa ein.

Sie war Feuer und Flamme für die Pläne, die hier im Raum standen. Vanessas Idee wurde einstimmig angenommen und so machte sich Vanessa nach der AG mit einem guten Gefühl auf den Heimweg.

Zu Hause angekommen traf sie ihren Vater in der Küche. Er war heute nicht in seinem Arbeitszimmer am Arbeiten, weil er Schmerzen hatte.

Entsprechend schlecht war seine Laune. Voller Begeisterung berichtete Vanessa ihrem Vater von den Ideen, die sie in der Tierschutz AG gesammelt hatten.

„Was ist denn das für ein Blödsinn," knurrte der Vater. „Ihr sollt in der Schule etwas lernen und nicht den Müll von anderen Leuten einsammeln."

Vanessa war von der Reaktion ihres Vaters sehr enttäuscht.

„Aber Papa, wenn wir nicht lernen, unsere Natur zu achten, haben wir Kinder keine Zukunft mehr," sagte sie empört.

„Ja, ja schon gut. Du hast ja Recht, Prinzessin. Wir müssen alle mehr für die Natur tun," erwiderte er versöhnlich.

„Eben. Frau Lehmann hat gesagt, dass wir in der nächsten AG mit einer Müllsammelaktion beginnen. Das ist erst der Anfang. Wir haben noch ganz viele Idee," berichtete Vanessa ihrem Vater und bekam ganz rote Backen. Ihre Mutter kam ins Zimmer.

„Ich glaube, unsere Tochter wird zu einer Aktivistin," sagte der Vater zu seiner Frau. Er konnte sich ein Lächeln nicht verkneifen, was seine Frau sehr irritierte.

„Was meinst du denn damit," fragte die Mutter verwundert.

„Vanessa wird mit der Tierschutz AG im Wald Müll einsammeln," berichtete der Vater seiner Frau.

„Was ist denn das für eine Idee," fragte die Mutter voller Verwunderung.

„Die Kinder sollen in der Schule etwas lernen und keinen Müll einsammeln."

„Aber Mama, was ist denn wichtiger als gut mit unserer Natur umzugehen und ihr zu helfen, wenn Menschen sie zerstören," ereiferte sich Vanessa. Sie hatte in der Tierschutz AG und auch in der Umweltschutz AG sehr gut aufgepasst.

„Aber du musst doch Mathe lernen und all die anderen Fächer. Schließlich wünschen wir uns, dass du das Abitur machst," erwiderte die Mutter.

„Unsere Tochter wird ihr Abitur machen," nahm der Vater Vanessa in Schutz. „Ich finde es gut, dass die Kinder nicht nur theoretischen Stoff in der Schule haben, sondern aktiv die Zukunft gestalten."

Frau Weber blickte ihren Mann verwundert an. Was war denn mit ihm los? Sie kannte ihn so nicht.

„Seit wann kümmerst du dich denn um solche Dinge," fragte sie verwundert.

„Na ja, du weißt ja, dass ich im Moment viel Zeit habe. Ich habe viel im Internet gesurft und bin auf Seiten gelandet, die sich mit Tier-und Umweltschutz befassen. Das, was der Mensch alles zerstört hat und was er mit den Tieren tun, ist einfach schrecklich. Weißt du eigentlich, dass die meisten Tiere vom Aussterben bedroht sind," entgegnete der Vater.

„Ja, und wenn wir nicht ganz schnell etwas tun, werden wir Kinder keine Zukunft mehr haben," schaltete sich Vanessa in das Gespräch ein.

„Vielleicht habt ihr ja recht. Ich schaffe es in letzter Zeit nicht mehr, mir die Nachrichten anzusehen. Alles ist so furchtbar," überlegte Vanessa Mutter.

„Also ich finde es gut, dass Vanessa nicht einfach wegschaut und wir sollten unsere Tochter unterstützten," sagte der Vater.

„Das wäre toll," freute sich Vanessa. „Wir planen einen Basar für die Tierheimtiere und wir wollen junge Bäume pflanzen."

„Na, da habt ihr euch allerhand vorgenommen," antwortete die Mutter und ihre Stimme klang weiterhin wenig begeistert angesichts der Ideen ihrer Tochter. „Hoffentlich leiden deine

Noten nicht unter diesen Aktivitäten, Vanessa."

„Das denke ich nicht, Vera. Vanessa ist eine sehr gute Schülerin," nahm der Vater Vanessa in Schutz.

Die Mutter nickte zustimmend, obwohl ihre Bedenken noch nicht ganz aus der Welt geschaffen waren. Irgendwie passte für sie das alles nicht zusammen. In der Schule sollten die Kinder doch klassische Fächer wie Deutsch, Englisch oder Mathematik haben, dachte sie bei sich, doch sie wusste natürlich auch, dass Tier-und Umweltschutz sehr wichtig waren. Sie wollte vor ihrem Mann und ihrer Tochter nicht als altmodisch dastehen und so schwieg sie lieber. Bei der nächsten Elternsprechstunde würde sie mit Frau Lehmann über ihre Bedenken sprechen.

Die nächste Tierschutz AG fand wie geplant im Wald statt. Die Schülerinnen und Schüler wurden von Frau Lehmann mit Handschuhen und Müllsäcken ausgestattet und los ging es. Die Suche nach Müll gestaltete sich einfach. Die Kinder fanden überall

Müll auf oder an den Wegen, die durch den Wald führten. Weder die Lehrerin noch die Kinder ahnten, dass ihre Müllaktion mit einer Lebensrettungsaktion enden würde. Auf ihrem Weg durch den Wald hatte Frau Lehmann einen Weg eingeschlagen, der abseits der Hauptwanderwege lag. Auch hier fanden sie überall die Hinterlassenschaften der Menschen, für die der Wald offensichtlich keine große Bedeutung hatte.

„Was ist das," hörten sie plötzlich Bens Stimme. Der Junge hatte sich etwas weiter vom Weg entfernt und im Gebüsch eine schlimme Entdeckung gemacht. Die Kinder und ihre Lehrerin, die zu Ben geeilt waren, sahen im Gebüsch einen Karton. Ben hatte aus Neugier den verschlossenen Karton geöffnet und festgestellt, dass eine Katze darin gefangen war. Das arme Tier lag erschöpft in der Kiste und war dem Tod näher als dem Leben.

„Das gibt's doch nicht," empörte sich Frau Lehmann.

Die Kinder schwiegen erschüttert.

„Da hat jemand seine Katze im Wald entsorgt." sagte Frau Lehmann mit Entsetzen in ihrer Stimme.
Vanessa war an den Karton herangetreten und erstarrte.
„Das ist Elli," flüsterte Vanessa, als könnte sie das, was sie hier sah, durch ein Flüstern ungeschehen machen. „Wenn wir nicht zufällig hier vorbeigekommen wären und Ben nicht im Gebüsch nach Müll gesucht hätte, wäre sie gestorben!"
Vanessa nahm die Katze aus dem Karton und wiegte sie in ihren Armen. Voller Vertrauen schmiegte sich die erschöpfte Katze in ihre Arme.
„Wir müssen ihr etwas zu trinken geben," sagte Vanessa zu Ben, der neben ihr stand und das Geschehen sprachlos beobachtete. Vanessas Stimme veranlasste ihn dazu, seine Wasserflasche aus dem Rucksack zu nehmen. Er füllte Wasser in seine hohle Hand und ließ die arme Katze trinken. Das Tier nahm das Angebot dankbar an und trank von dem Wasser.

„Warum hast du vorhin gesagt, das wäre Elli," fragte Ben Vanessa voller Verwunderung.

„Ich habe euch doch von meinem merkwürdigen Traum erzählt. Diese Katze sieht genauso aus wie Elli in meinem Traum," erklärte Vanessa den anderen Kindern.

„Das ist gespenstisch," sagte Ben.

„Oder nur ein Zufall," schaltete sich die Lehrerin in ihr Gespräch ein.

„Vanessa, wir müssen die Katze sofort zu einem Tierarzt bringen und danach ins Tierheim. Ben kannst du Vanessas Müllsack tragen?"

„Nein, Elli kommt nicht ins Tierheim," protestierte Vanessa.

„Aber Vanessa, was werden deine Eltern sagen, wenn du ihnen eine Katze mit nach Hause bringst," fragte Frau Lehmann besorgt.

„Wenn wir beim Tierarzt sind, werde ich meinen Papa anrufen. Er hilft mir bestimmt, damit ich Elli behalten kann," entgegnete Vanessa und ihre Stimme klang sehr entschlossen.

Zum Glück waren sie nicht weit weg von dem Parkplatz, auf dem Frau

Lehmann den Kleinbus, den sie für Ausflüge nutzten, geparkt hatte. Sie fuhr mit den Kindern und der Katze zu einem befreundeten Tierarzt. In der Tierarztpraxis angekommen, geleitete die Tierarzthelferin sie sofort in einen Behandlungsraum. Sie sah, dass hier schnelle Hilfe von Nöten war. Als der Tierarzt kam, begrüßte er Frau Lehmann und die Kinder freundlich, bevor er sich schnell um das Kätzchen kümmerte. Nach einer gründlichen Untersuchung gab er Entwarnung: „Die kleine Katzendame ist nicht mehr ganz jung, aber im Moment kann ich keine Krankheiten feststellen. Natürlich ist sie völlig entkräftet, und wir werden sie für ein paar Tage hierbehalten."

„Dann habe ich Zeit, mit meinen Eltern zu sprechen," schaltete sich Vanessa in das Gespräch ein. „Kann ich Elli morgen besuchen?"

„O, die Katze hat sogar schon einen Namen," schmunzelte der Tierarzt. „Natürlich kannst du sie morgen besuchen kommen. Wenn deine Eltern einverstanden sind und sich ihr

Zustand gebessert hat, kannst du vielleicht ab morgen sogar ihre Pflege übernehmen."

Auf dem Heimweg überlegte sich Vanessa, wie sie den Eltern ihren Wunsch für Elli zu sorgen vermitteln konnte. Sie hatten keine Haustiere, nachdem der Familienhund vor einem Jahr gestorben war. Besonders ihre Mutter trauerte noch sehr um ihren geliebten Vierbeiner. Vanessa ahnte, dass es ein schwieriges Unterfangen sein würde, die Mutter zu überzeugen. Immer, wenn die Rede auf ein neues Haustier kam, brach die Mutter in Tränen aus. Sie hatte ihren Schorchi über alles geliebt und der Hund hatte sie geliebt. Schon als Welpe hatte Schorchi die Mutter als seinen Menschen auserkoren. Vanessa war da noch nicht auf der Welt, doch die Mutter hatte sooft vom Einzug des Welpen erzählt, dass sie sich alles bildhaft vorstellen konnte. Seit Schorchi gestorben war, hatte die Mutter selten über ihn gesprochen. Der Schmerz übermannte sie jedes Mal, wenn sie über ihn sprach.

Natürlich vermisste Vanessa Schorchi ebenfalls schmerzlich. Der Hund war immer da gewesen, solange sie auf der Welt war, doch jetzt war es ihr Ziel, Elli ein Zuhause zu schenken und dafür brauchte sie ihren Vater als Verbündeten. Ihr Vater hätte gerne wieder ein Haustier. Das hatte er Vanessa oft gesagt, wenn sie um ein neues Haustier gebeten hatte, doch er konnte die Haltung seiner Frau gut verstehen. So saß er zwischen zwei Stühlen, wenn das Thema Haustier zur Sprache kam.

Vanessa wusste, dass ihr Vater zu Hause auf sie wartete. Nach seinem Bandscheibenvorfall konnte er noch nicht lange arbeiten. Sie fand ihren Vater vor dem Fernsehgerät. Er langweilte sich furchtbar und wusste nicht, wie er die Zeit ausfüllen sollte.

„Papa, ich brauche deine Hilfe," sagte Vanessa nach der Begrüßung.

„Alles, was du willst, meine kleine Prinzessin," antwortete der Vater, der eine Chance sah, seiner Langeweile zu entkommen.

„Stell' dir vor, wir waren heute mit Frau Lehmann im Wald, haben Müll eingesammelt und dabei eine Katze gefunden, die ausgesetzt wurde," berichtete Vanessa ihrem Vater mit bewegter Stimme.

„Das ist ja unglaublich," empörte sich der Vater. „Wer tut denn so was Abscheuliches?"

„Ja, das haben wir uns auch gefragt, aber darum geht's nicht," antwortete Vanessa. „Die arme Katze ist jetzt beim Tierarzt und ich möchte, dass sie bei mir lebt. Sie sieht so aus wie die Katze, von der ich geträumt habe. Ich glaube, das ist Elli aus meinem Traum."

„Aber Vanessa, das kann nicht sein. Ich verstehe ja, dass du gerne ein Haustier hättest, aber diese haarsträubende Geschichte kann ich nicht glauben," entgegnete der Vater.

„Ja, ich weiß, das klingt verrückt, aber mein Traum war so echt, und als ich die Katze gesehen habe, wusste ich, dass das Elli aus meinem Traum ist," beharrte Vanessa auf ihrer Meinung.

„Okay, Prinzessin, ich sehe, dass dein Wunsch, ein Haustier zu haben, sehr groß ist und auch ich hätte gerne wieder ein Tier im Haus." sagte der Vater.

„Du wirst mir also helfen, Mama zu überzeugen," fragte Vanessa vorsichtig.

„Ja, Vanessa, ich werde dir helfen, aber sei bitte nicht enttäuscht, wenn deine Mutter Nein sagt," antwortete der Vater.

Als die Mutter nach Hause kam, ahnte sie sofort, dass Vanessa und ihr Mann etwas im Schilde führten. Der Abendbrottisch war heute besonders schön gedeckt und ihr Mann hatte eines ihrer Lieblingsessen gekocht.

„Was habt ihr beiden ausgefressen," neckte sie ihre Tochter und ihren Mann. „Oder bekommen wir Besuch? Vanessa kommt etwa deine Schwester heute?"

„Nein, Mama Erika kommt heute leider nicht, aber ich möchte dich etwas fragen. Papa wäre einverstanden," sagte Vanessa und blickte ihre Mutter voller Erwartung an.

„Frank, was ist hier los," fragte Vera ihren Mann, der betreten zur Seite blickte.

„Vanessa möchte dir eine unglaubliche Geschichte erzählen," wich Frank der Frage seiner Frau geschickt aus.

Die Mutter blickte Vanessa erwartungsvoll an.

„Mama, ich habe dir doch von meinem Traum erzählt," begann Vanessa.

Die Mutter nickte verständnislos.

„Wir waren heute mit Frau Lehmann im Wald und haben Müll eingesammelt," sagte Vanessa.

„Also begeistert bin ich von dieser Aktion nicht, aber was hat das mit deinem Traum zu tun, Vanessa," fragte die Mutter ihre Tochter erstaunt.

„Jetzt hör' dir doch erst einmal ihre Geschichte an. Sie ist sehr ungewöhnlich," schaltete sich der Vater in das Gespräch ein.

Die Mutter schwieg und Vanessa erzählte von ihrem Fund im Wald und ihrem Wunsch der Katze, die wie Elli aus ihrem Traum aussah, ein Zuhause zu schenken. Als sie geendet hatte, sagte die Mutter:

„Vanessa, das ist eine sehr schlimme Geschichte, aber du weißt, dass ich kein Haustier möchte."

„Aber Mama, das ist nicht irgendein Tier! Das ist Elli und ich muss ihr helfen," ereiferte sich Vanessa und Tränen liefen über ihre Wangen.

„Vera, wir sollten Vanessa diesen Wunsch erfüllen," sagte der Vater und legte seinen Arm um das weinende Kind. „Wir haben schon so lange kein Tier mehr bei uns und Vanessa wünscht sich so sehr ein Tier. Das können wir ihr nicht abschlagen."

„Aber dieses Tier wird auch wieder sterben und denkt nur daran, wie traurig wir waren als Schorchi gestorben ist," erwiderte die Mutter und kämpfte mit den Tränen.

„Schorchi ist nur über die Regenbogenbrücke gegangen, Mama," versuchte Vanessa ihre Mutter zu trösten. „Schorchi wartet dort auf uns. Ich glaube, deswegen hatte ich diesen Traum und jetzt ist auch noch Elli zu mir gekommen. Wir können Elli ein schönes Zuhause geben, bis sie über die Regenbogenbrücke gehen muss. Mama, ich muss Elli beschützen!"

„Vielleicht hast du recht, Vanessa," erwiderte die Mutter und Tränen liefen über ihre Wangen. „Vielleicht kann ich Schorchi vergessen, wenn wir ein neues Tier haben."

„Du sollst Schorchi nicht vergessen," antwortete der Vater. „Wir alle werden Schorchi nie vergessen, aber ich glaube, dass Vanessas Traum uns etwas sagen will. Obwohl ich ja nicht an solche Dinge glaube."

„Vielleicht hat Schorchi mir diesen Traum geschickt," sagte Vanessa nachdenklich und es ging nicht mehr darum, die Mutter von ihrem Wunsch, Elli ein Zuhause zu schenken, zu überzeugen. Der merkwürdige Traum, der noch immer in ihrer Erinnerung lebendig war, ergab plötzlich für das Kind einen Sinn. „Ich denke, dass Schorchi mir den Traum geschickt hat, um uns zu sagen, dass wir einem lebendigen Tier, das in Not ist, eine Chance geben sollen."

„Ja Vanessa vielleicht ist das wirklich so,“ erwiderte die Mutter und trocknete ihre Tränen.

„Morgen Mittag fahren wir zu deiner Elli und sehen nach ihr. Vielleicht kann sie mit uns nach Hause fahren,“ sagte der Vater.

„Ihr seid die besten Eltern auf dieser Erde,“ freute sich Vanessa.

„Danke,“ sagte die Mutter und ein Lächeln huschte über ihr Gesicht.

„Jetzt aber ist Zeit zum Schlafengehen.“

Vanessa folgte der Aufforderung ihrer Mutter, ohne zu murren. Sie war sehr müde und war sofort eingeschlafen. So wie der Schlaf gekommen war, kam auch der Traum. Vanessa war wieder mit Elli, Max und Fridolin in der merkwürdigen Welt. Wieder trug sie Elli im Rucksack, wieder spürte sie die Hoffnungslosigkeit, die um sie herum war. Alles um sie herum war grau und hoffnungslos. Dichter Nebel umgab sie wie eine undurchdringliche Wand.

„Wie können wir nur die Regenbogenbrücke finden,“ fragte

Vanessa und ihre Stimme wurde von dem dichten Nebel verschluckt.

„Wir werden sie niemals finden," drang Ellis hoffnungslose Stimme aus dem Rucksack.

„Das ist nicht gerecht," sagte Vanessa mit lauter Stimme. „Ich habe alles getan um die Regenbogenbrücke zu retten. Das ist so ungerecht. Oninra, wo bist du?"

Vanessas Stimme wurde vom dichten Nebel verschluckt. Das Kind spürte, wie sie immer tiefer in dieser grauen Nebelwand versank. Sie sah keinen Ausweg, doch plötzlich riss die Nebelwand auf und sie sahen die Regenbogenbrücke, die in schillernden Farben vor ihren Augen erstrahlte. Vanessa konnte es nicht glauben! Am Fuße der Regenbogenbrücke saß Elli!

„Elli, was tust du hier? Du warst doch eben noch in meinem Rucksack," sagte das Kind.

„Liebe Vanessa, es ist Zeit für mich zu gehen," erwiderte Elli mit sanfter Stimme. „Wir haben endlich den Menschen mit dem goldenen Herzen gefunden, der den Regenbogen zum Erstrahlen bringt. Du bist dieser Mensch, Vanessa. Jetzt kann ich beruhigt über die Regenbogenbrücke gehen."

„Elli, du darfst mich nicht verlassen," schrie Vanessa, und der seelische Schmerz drohte das Kind zu zerreißen.

„Ich werde dich nicht verlassen, Vanessa. Du findest mich in jedem Tier ohne Namen, dem du einen Namen gibst. In jedem Tier ohne Hoffnung, dem du Hoffnung schenkst. Die Zeit, die mir zusammen verbringen durften, war so wertvoll. Du wirst sie niemals vergessen. Ich werde immer bei dir sein, Vanessa," hörte Vanessa Ellis sanfte Stimme.

Als Vanessa erwachte, war es noch dunkel im Zimmer. Ihr Gesicht war nass von den Tränen, die sie in ihrem Traum geweint hatte. Ellis Stimme hallte in ihrem Kopf und plötzlich wusste Vanessa, dass sie zu ihr gekommen war, um ihren Schmerz über Schorchis Tod zu heilen.

An diesem Tag konnte es Vanessa kaum erwarten, bis die Schule vorüber war. Wie versprochen wartete ihr Vater vor der Schule auf sie. Vanessa konnte sich ein Lachen nicht verkneifen, denn ihr Vater war genauso aufgeregt wie sie.

Beim Tierarzt angekommen, mussten sie sich in Wartezimmer setzen. Der Tierarzt war noch mit anderen tierischen Patienten beschäftigt.

„Ich kann es kaum erwarten Elli zu sehen," sagte Vanessa.

„Nicht nur du, Prinzessin. Ich bin auch schon ganz aufgeregt. Es wird schön sein, wieder ein Tier im Haus zu haben," antwortete der Vater.

Die Wartezeit zog sich endlos. Endlich kam eine Tierarzthelferin und brachte sie in eines der Behandlungszimmer. Vanessa hatte erwartet, dass Elli im Behandlungszimmer wartete, doch diese Hoffnung wurde nicht erfüllt. Sie machte sich große Sorgen. Die Tierarzthelferin hatte das Behandlungszimmer sofort verlassen. So konnte Vanessa niemanden nach Elli fragen. Nach einer halben Ewigkeit öffnete sich die Tür und der Tierarzt trat ein. Er bat Vanessa und ihren Vater, ihm gegenüber am Schreibtisch Platz zu nehmen. Sein Gesicht war ernst und ließ nichts Gutes vermuten. Endlich, nach einer endlosen Pause begann der Tierarzt zu sprechen. „Die Situation ist nicht so einfach," sagte er. „Ich hoffe, dass die arme Katze nach unserem Gespräch nicht in ein Tierheim muss.

7. Kapitel

Vanessa blickte den Tierarzt aus großen Augen an. Sie hatte das Wort Tierheim vernommen und das ließ alle Alarmglocken in ihr erklingen. Was wollte der Tierarzt ihr damit sagen?
„Warum soll denn Elli in ein Tierheim," fragte sie den Arzt.
„Nun ja, die Katze ist nicht mehr so ganz gesund. Sie hat eine Schilddrüsenüberfunktion und wird den Rest ihres Lebens Medikamente einnehmen müssen. Vielleicht wurde sie deswegen ausgesetzt. Die Medikamente sind nicht gerade günstig," begann der Arzt mit seinem Bericht. „Außerdem haben wir die Befürchtung, dass sie nichts mehr sehen kann. Sie ist nicht mehr die Jüngste. Wir schätzen die Katze auf zwölf Jahre. Es könnte sein, dass da noch einige Behandlungskosten auf Sie zukommen. Das muss ich Ihnen ehrlich sagen."

Vanessas Vater hatte den
Ausführungen des Tierarztes
aufmerksam zugehört und schwieg.
„Papa, Elli darf nicht ins Tierheim. Ich
werde auf mein Taschengeld
verzichten, damit wir die Medikamente
für sie kaufen können," sagte Vanessa
zu ihrem Vater.
Der Vater strich seiner Tochter über
den Kopf.
„Die Katze ist dir sehr wichtig," fragte
er sanft.
Vanessa nickte. „Ich würde alles für
Elli tun!"
„Also, ich schlage vor, Sie gehen jetzt
erst einmal mit meiner Kollegin zu der
Katze. Dann haben Sie etwas Zeit
zum Nachdenken," sagte der Tierarzt
zum Vater.
Die Tierarzthelferin brachte Vanessa
und ihren Vater in einen Raum, in dem
große Gitterboxen standen. In zwei
Boxen saßen Hunde. Die
Tierarzthelferin führte sie zu einer
dritten Box. In ihr lag Elli
zusammengerollt auf einer weichen
Decke.

„Liebe Elli, ich bin da," sagte Vanessa
leise zu der Katze.
Elli hob sofort den Kopf. Sie stand auf
und kam an die Gitterstäbe. Ein leises
Miau erklang.
„Darf ich Elli auf den Arm nehmen,"
fragte Vanessa die Tierarzthelferin.
Die Frau nickte und öffnete die Box.
Vanessa nahm Elli auf den Arm und
die Katze schmiegte voller Vertrauen
ihren Kopf an Vanessas Wange.
Der Vater verfolgte die Szene und war
sehr gerührt. Wie hätte er Vanessa
diesen Wunsch abschlagen können?
Vorsichtig streckte er die Hand aus
und strich über Ellis weiches Fell. Die
Katze erwiderte diese Berührung mit
einem lauten Schnurren.
„Wann kann die Süße mit nach
Hause," fragte der Vater die
Tierarzthelferin.
„Papa, du bist der Allerbeste," jubelte
Vanessa.
„Ich werde gleich meinen Chef
fragen," antwortet die Tierarzthelferin
und ein glückliches Lächeln huschte
über ihr Gesicht. Sie freute sich, dass

die arme Katze ein Zuhause gefunden hatte.

Vanessa und ihr Vater warteten auf die Rückkehr der Tierarzthelferin. Elli hatte sich in Vanessas Arme gekuschelt und schnurrte laut. Als die Tierarzthelferin zurückkam, strahlte sie über das ganze Gesicht.

„Sie können Elli mitnehmen," sagte sie. „Ich werde Ihnen noch aufschreiben, wie Sie die Medikamente eingeben müssen. Die sind sehr wichtig für Elli. Mit den Medikamenten wird sie sich sicher wieder gut erholen."

Zu Hause angekommen öffnete Vanessa die Transportbox, die der Vater am Morgen besorgt hatte. Vanessa war überrascht gewesen, dass er schon alles, was man so für eine Katze brauchen konnte, am Morgen gekauft hatte. Neben der Transportbox hatte ihr Vater Futter, ein weiches Bettchen, eine Katzentoilette, Katzenstreu, Futterschüsseln und sogar Spielsachen für Elli besorgt. Nachdem Elli erst einmal ihren Hunger gestillt hatte, sprang sie auf Vanessas Beine und schmiegte sich an sie. Elli wich nicht von Vanessas Seite. Als das Kind zu Bett ging, folgte sie Vanessa wie selbstverständlich und kroch unter ihre Decke. Eng aneinander gekuschelt schliefen sie ein.

Elli entwickelte sich zum Sonnenschein der Familie. Schnell hatte sie ihr neues Zuhause erkundet. Sie liebte es, im Garten in der Sonne zu liegen und der Vater, der oft zu Hause arbeitete, freute sich über Ellis Gesellschaft. Vanessa war vom ersten Tag an Ellis Lieblingsmensch. Die Katze wusste schnell, wann Vanessa nach Hause kam und wartete vor der Tür auf sie. Der Vater hatte Elli eine Katzenklappe in die Tür eingebaut, sodass sie jederzeit in den Garten gehen konnte. So entwickelte sich die ältere Katzendame prächtig. Der Umstand, dass sie fast blind war, fiel überhaupt nicht auf. Elli kannte sich im Haus und im Garten sehr gut aus. Natürlich kamen die Kinder, die bei Ellis Rettung dabei waren, oft zu Besuch und wurden freudig von Elli begrüßt. Alle liebten Elli. Die Mutter war glücklich, dass nun wieder ein Tier im Haus war.

„Jetzt weiß ich erst, wie sehr mir ein Tier im Haus gefehlt hat," sagte sie oft in den nächsten Tagen, wenn Elli sie beim nach Hause kommen freudig begrüßte.

Vanessa und ihre Mitschüler/innen, die die Tierschutz AG besuchten, trafen sich manchmal bei Vanessa zu Hause. Elli war immer mit von der Partie, wenn sie in Vanessas Zimmer saßen.

„Ich würde gerne mehr für arme Katzen tun," sagte Vanessa eines Tages als sie wieder einmal zusammensaß.

„Ja, da wäre ich auch dabei," erwiderte Franziska und die anderen nickten zustimmend.

„Wir könnten Frau Lehmann in der nächsten AG fragen. Vielleicht hat sie eine Idee," überlegte Ben.

In der nächsten Tierschutz AG trug Vanessa ihre Idee der Lehrerin vor.

„Wir haben jetzt schon so viel Müll eingesammelt, Frau Lehmann. Wie wäre es, wenn wir jetzt Straßenkatzen helfen," fragte Vanessa die Lehrerin.

„Ja, das wäre toll. So könnten wir noch mehr tun," pflichtete Ben ihr bei.

„Na ja, ich helfe in meiner Freizeit oft bei Frau Wilhelm mit," entgegnete Frau Lehmann. „Sie hat ihr Haus, welches sie von den Eltern geerbt hat, in eine Auffangstation für Straßenkatzen umgewandelt. Frau Wilhelm hat auch viele behinderte Katzen."

„Ist diese Auffangstation hier bei uns im Ort," fragte Vanessa überrascht.

„Ich habe noch nie davon gehört."

„Frau Wilhelm und ihre Katzen leben ganz in der Nähe. Das Haus steht etwas abseits, direkt am Wald," sagte Frau Lehmann.

„Das wäre toll," freute sich Vanessa. „Wenn dort so viele Katzen leben, kann sie sicher unsere Hilfe gebrauchen."

„Das denke ich," entgegnete Frau Lehmann. „Frau Wilhelm hat auch noch einige andere Tiere aufgenommen. Sie hat sogar zwei Esel. Kühe und Schafe, die sie vor dem Schlachthof gerettet hat, leben ebenfalls bei ihr."

„Ich finde es ganz furchtbar, wenn Tiere geschlachtet werden," meldete sich Sara zu Wort.

„Aber wir müssen doch etwas essen," entgegnete Ben. „Schlimm finde ich das auch."

„Wir müssen keine Tiere essen," sagte Frau Lehmann und erntete überraschte Blicke von den Kindern.

„Aber zu Hause gibt es doch oft Fleisch und Wurst," sagte Franziska." Ich habe noch nie daran gedacht, dass man das nicht essen muss."

„Ja, die meisten Menschen denken, dass sie Tiere essen müssen. Das haben Menschen schon immer getan, doch heute weiß man, dass das nicht notwendig ist. Ich esse schon seit fünfzehn Jahren keine tierischen Produkte mehr. Außerdem verzichte ich auf Produkte, für die Tiere missbraucht werden," sagte Frau Lehmann.

„Mhm, die Menschen in meinem Buch essen auch keine tierischen Produkte," überlegte Vanessa. „Die leben auf einem Bauernhof mit ganz vielen Tieren, die sie gerettet haben und bauen ihr eigenes Gemüse an. So möchte ich auch einmal leben."

„Ihr Kinder müsst lernen, respektvoll mit den Tieren und ihrem Lebensraum umzugehen, denn davon hängt eure Zukunft ab. Wir haben doch auch schon darüber gesprochen, wie verheerend sich die Massentierhaltung auf unser Klima auswirkt. Vom Leiden der Tiere einmal ganz abgesehen," sagte Frau Lehmann.

„Stimmt darüber haben wir gesprochen," überlegte Franziska. „Warum sind wir nicht auf die Idee gekommen, auf tierische Produkte zu verzichten?"

„Eure Eltern leben euch das vor. Für euch ist das etwas ganz Normales," sagte Frau Lehmann.

„Wird Zeit, dass wir das ändern," meldete sich Vanessa kämpferisch zu Wort und die anderen Kinder nickten zustimmend. Vanessa hatte eine Entscheidung getroffen. Sie würde in Zukunft auf tierische Produkte verzichten. Zum Glück gab es zu

Hause eine gesunde Ernährung, die wenige tierische Produkte enthielt. Darauf legten ihr Mutter als Ärztin großen Wert. So würde es nicht schwierig sein, sich vegan zu ernähren.

„Wann fahren wir zu der Auffangstation," wollte Franziska wissen.

„Na ja, das Problem ist, dass die kurze Zeit, die wir in der AG haben, nicht ausreichend ist. Wer Interesse hat, da mitzuhelfen, müsste das in seiner Freizeit tun und natürlich müssen die Eltern einverstanden sein," erklärte Frau Lehmann.

Die Aussicht, die Freizeit zu opfern, dämpfte das Interesse der Kinder. Die meisten hatten in ihrer Freizeit viel zu tun. Mache mussten zum Nachhilfeunterricht, andere zum Sport oder in die Musikschule. Lediglich Vanessa, Franziska und Ben waren bereit, in ihrer Freizeit in der Auffangstation mitzuhelfen.

„Ich würde wirklich gerne mithelfen, aber meine Eltern legen großen Wert auf den Nachhilfeunterricht. Außerdem muss ich Klavier lernen. Da lassen meine Eltern nicht mit sich reden," sagte Sabine traurig. „Wenn ich Zeit habe, bastle ich kleine Tiere aus Filz. Vielleicht könnten wir einen Kuchenstand für die Auffangstation organisieren und meine Filztiere verkaufen. Ich habe inzwischen ganz viele."

„Das ist eine sehr gute Idee, Sabine," freute sich Frau Lehmann. „Vanessa, Franziska und Ben, ihr müsstet mit euren Eltern reden. Wenn sie einverstanden sind, könnt ihr am Samstag mit zu der Auffangstation fahren. Am Wochenende helfe ich da meistens mit."

Glücklich lief Vanessa nach der Schule nach Hause. Sie freute sich auf den Samstag. Die Eltern von ihrem Vorhaben zu überzeugen, war sicher kein Problem. Sie würde sich zuerst ihren Vater vornehmen, der zu Hause arbeitete. Normalerweise konnte er ihr keinen Wunsch abschlagen. Zu Hause angekommen wurde sie freudig von Elli begrüßt. Jetzt war erst einmal ausgiebiges Kuscheln angesagt. Elli war nun schon drei Wochen bei ihnen und aus der Familie nicht mehr wegzudenken. Vanessas Vater, der meistens zu Hause arbeitete, war glücklich, dass er nun Gesellschaft hatte und auch ihre Mutter war überglücklich, dass wieder eine tierische Mitbewohnerin im Haus war. Elli war eine zauberhafte Katze, die ihre Menschen über alles liebte. Schnell hatte sie sich im Haus und im Garten zurechtgefunden und genoss ihr neues Leben in vollen Zügen. Vanessa ging mit Elli auf dem Arm zu ihrem Vater ins Arbeitszimmer.

„Na, Prinzessin, wie war dein Tag," fragte der Vater und freute sich über die Unterbrechung seiner langweiligen Arbeit.

Vanessa kam gleich zur Sache. Voller Begeisterung erzählte sie ihrem Vater von der Auffangstation und der Hilfe, die dort dringend gebraucht wurde. Außerdem setzte sie ihren Vater von ihrer Absicht, in Zukunft vegan zu leben, in Kenntnis. Der Vater sah seine Tochter überrascht an. Seine Gedanken waren immer noch bei dem

Text auf seinem Computer und die vielen Informationen seiner Tochter überforderten ihn.

„Du möchtest dich in Zukunft vegan ernähren und mit deiner Lehrerin in dieser Auffangstation mithelfen? Habe ich das richtig verstanden," fragte er. Als seine Tochter nickte, setzte er ein nachdenkliches Gesicht auf und schwieg ein paar Minuten.

„Ich finde es gut, wenn du dich für den Tierschutz einsetzen willst und ehrlich gesagt, habe ich auch schon oft darüber nachgedacht, mich vegan zu ernähren," sagte er schließlich.

„Toll! Dann müssen wir nur noch Mama überzeugen," freute sich Vanessa.

Die Mutter zu überzeugen war ein Kinderspiel. Seit Elli bei ihnen lebte, war sie wie ausgewechselt. Sobald sie das Haus betrat und Elli auf den Arm nahm, fiel der Stress des Tages von ihr ab. Vanessas Idee, in der Auffangstation mitzuhelfen, machte sie stolz, und auch sie würde sich auf eine vegane Ernährung einlassen.

Überglücklich ging Vanessa mit Elli zu Bett. Die Katze kuschelte sich voller Vertrauen unter der Decke eng an ihren Bauch und Vanessa schlief schnell ein.

Die Tage zogen sich endlos. Endlich war der Freitag vorüber und Vanessa konnte sich auf den Samstag freuen. Zusammen mit Franziska, Ben und ihrer Lehrerin würde sie zu der Auffangstation fahren. Die anderen Kinder in der AG hatten nach und nach abgesagt. Gründe gab es viele, doch Vanessa ahnte, dass sie ihre Freizeit nicht für die Tiere opfern wollten. Darüber reden ist einfach, dachte Vanessa, als sie bei ihrer Lehrerin im Auto saß, traurig. Schnell wischte sie die trüben Gedanken weg. Sie waren zu dritt plus Sabine, die mit ihren Filztieren helfen wollte. Für den geplanten Kuchenverkauf hatten fast alle ihre Hilfe angeboten und bereits die Mütter, Tanten und Omas zum Kuchenbacken animiert. Da würden sicherlich einige Kuchen zusammenkommen.

Endlich waren sie an der Auffangstation angekommen. Eine freundliche Frau, die sich als Marlene Wilhelm vorstellte, öffnete ihnen die Tür. Nachdem Frau Lehmann sie vorgestellt hatte, folgten sie Frau Wilhelm ins Haus. In einem Raum, der ihr als Büro diente, setzten sie sich auf ein bequemes Sofa. Sofort wurden sie von zwei blinden Katzen in Beschlag genommen, die sich bereitwillig streicheln ließen.

„Das sind Aischa und Shiva," lachte Frau Wilhelm.

Der rote Kater, den Frau Wilhelm als Shiva vorgestellt hatte, machte es sich auf Vanessas Beine bequem.

„Ihr seid bestimmt neugierig auf die Tiere, die hier leben," sagte Frau Wilhelm und alle drei nickten zustimmend.

„Im Moment leben hier fünfundzwanzig Katzen, drei Esel, vier Ziegen, zwei Schafe und zwei Kühe. Ich würde euch heute gern die Katzen, die zutraulich sind, vorstellen. Ihr könnt euch etwas um sie kümmern. Darüber sind sie sehr glücklich, denn bei der vielen Arbeit bleibt wenig Zeit für Streicheleinheiten."

Vanessa, Ben, Franziska und Frau Lehmann folgten Frau Wilhelm zu einem Haus, in dem sich viele Katzen aufhielten. Frau Wilhelm hatte nicht zu viel versprochen. Die Katzen waren glücklich über jede Zuwendung, die sie erfuhren und die mitgebrachten Leckerchen waren schnell verputzt. Die beiden Frauen kümmerten sich in der Zwischenzeit um die Reinigungsarbeiten im Katzenhaus. Sie säuberten Katzentoiletten, tauschten Futterschüssel und wechselten verschmutzte Decken. Als die Arbeit getan war, kamen sie zu ihnen zurück.

„Ich gehe jetzt zu der Krankenstation. Dort müssen ebenfalls einige Reinigungsarbeiten erledigt werden. Kommt ihr mit mir," fragte Frau Wilhelm.

Vanessa, Franziska und Ben ließen sich nicht zweimal bitten und folgten den beiden Frauen in ein anderes Katzenhaus. Hier gab es große Gitterboxen, in den Katzen saßen. Die

Kinder sahen zwei Katzen mit Verbänden. Eine lag teilnahmslos auf einer weichen Decke. Die Kinder ahnten, dass es ihr nicht gut ging. Frau Lehmann ging als Erstes zu diesem Käfig. Liebevoll streichelte sie die Katze, die kurz den Kopf hob, bevor sie wieder die Augen schloss.

„Mein Sorgenkind im Moment," sagte Frau Wilhelm traurig. „Die kleine Puschel wurde vergiftet. Keine Ahnung, ob sie das überlebt. Zum Glück habe ich im Moment nur vier Katzen. Paul und Pan hier mit den Verbänden können in ein paar Tagen raus."

„Wo ist die vierte Katze," fragte Vanessa.

„Dort im zweiten Zimmer," sagte Frau Wilhelm und deutete auf das angrenzende Zimmer.

Vanessa ging in das Zimmer. Als sie an den Käfig trat, erstarrte sie. In dem Käfig saß Max.

„Frau Wilhelm, das ist Max," rief Vanessa laut.

Alle kamen in den Raum. Vanessa stand immer noch fassungslos vor dem Käfig. Die getigerte Katze war an die Gitterstäbe gekommen und maunzte kläglich. Ihr Bein hatte einen dicken Verband.

„Max? Woher kennst du diese Katze? Der Kater wurde vorgestern von einer Tierschützerin gebracht. Sie hat ihn verletzt auf der Straße gefunden. Die Stadt ist fünfzig Kilometer von hier entfernt," wunderte sich Frau Wilhelm.

„Was ist mit Max passiert," rief Vanessa völlig außer sich und versuchte den Käfig zu öffnen.

„Vanessa, bitte nicht den Käfig öffnen," sagte Frau Lehmann.

„Vanessa, der Kater hat eine schlimme Verletzung an seinem Bein. Ich weiß nicht, ob der Tierarzt das Bein retten kann, aber jetzt sag' mir bitte, woher du den Kater kennst," sagte Frau Wilhelm.

Vanessa beruhigte sich etwas. Sie sah ein, dass die Geschichte mit Max aus ihrem Traum sehr unglaubwürdig war. Sie erzählte den Frauen, Franziska und Ben, die inzwischen ebenfalls vor dem Käfig standen, von Max in ihrem

Traum. Als sie geendet hatte, sagte Frau Wilhelm:

„Na ja, es ist schon ein merkwürdiger Zufall, dass du hier die Katze aus deinem Traum findest."

„Nein, nein, das ist kein Zufall," erwiderte Vanessa. „Elli aus meinem Traum ist auch zu mir gekommen. Wir haben sie beim Müllsammeln im Wald in einer Box gefunden. Bitte darf ich Max streicheln?"

„Okay, ich werde die Tür schließen, damit er nicht weglaufen kann," sagte Frau Wilhelm.

Nachdem die Tür geschlossen war, öffnete Frau Wilhelm die Käfigtür. Sofort schmiegte sich der Kater, der Max so ähnlich war, an Vanessa und ließ sich von ihr auf den Arm nehmen.

„Das ist jetzt aber sehr ungewöhnlich," staunte Frau Wilhelm. „Von mir lässt er sich nicht anfassen und verkriecht sich in die hinterste Ecke, wenn ich ihn füttere."

„Max kennt mich halt," sagte Vanessa einfach. „Ich werde meine Eltern fragen, ob Max bei uns einziehen kann. Er wäre sicher glücklich bei mir zu wohnen und Elli wiederzusehen."

„Wenn deine Eltern einverstanden sind, wäre das für ihn ein großes Glück, aber, wie schon gesagt, vielleicht muss sein Bein amputiert werden."

„Das ist mir egal. Ich werde Max gesund pflegen und immer für ihn da sein," erwiderte Vanessa.

Der Abschied fiel Vanessa schwer. Max, der nun wieder in seinem Käfig saß, blickte sie aus traurigen Augen an.

„Wann kann ich Max abholen," fragte Vanessa Frau Wilhelm.

„Also, er hat in zwei Tagen einen Termin beim Tierarzt. Dann entscheidet sich, ob das Bein amputiert werden muss. Es wäre sehr schön, wenn deine Eltern einverstanden wären. Vielleicht kannst du uns zum Tierarzt begleiten. Er vertraut dir. Das wäre leichter für den armen Kerl," erklärte Frau Wilhelm.

Zu Hause angekommen ging Vanessa in das Arbeitszimmer ihres Vaters und musste feststellen, dass er nicht an seinem Schreibtisch saß. Elli lag auf dem Sofa und schlief. Sie bemerkte Vanessa erst, als diese sich zu ihr setzte.

„Elli, stell' dir vor, ich habe Max gefunden," sagte sie zu der alten Katze, die sofort auf ihre Beine geklettert war. Elli erwiderte diese Information mit einem wohligen Schnurren und schlief fast augenblicklich wieder ein. Als nach einer halben Stunde die Tür ins Schloss fiel, hob Elli den Kopf. Mühsam erhob sie sich, streckte ihre Glieder und sprang vom Sofa. Vanessa folgte Elli in die Küche, wo ihre Mutter damit beschäftigt war Lebensmittel einzuräumen.

„Hallo, ihr zwei," sagte sie gut gelaunt, drückte ihrer Tochter einen dicken Kuss auf die Stirn, bevor sie Elli ausgiebig streichelte. „Wie hat es dir in der Auffangstation gefallen, Vanessa?"

„Mama, stell' dir vor, ich habe Max gefunden," sprudelte es aus Vanessa heraus.

Die Mutter blickte ihre Tochter verständnislos an.

„Wer ist denn Max," fragte sie.

„Ich habe dir doch von meinem Traum erzählt," erwiderte Vanessa ungeduldig. „Max war die zweite Katze, mit der ich unterwegs war, um die Regenbogenbrücke zu retten."

„O, dann fehlt nur noch die Maus Fridolin," lachte die Mutter gut gelaunt.

„Mama, ich meine das ernst. Heute habe ich Max gefunden, so wie ich auch Elli gefunden habe," sagte Vanessa ärgerlich.

„Möchtest du mir damit sagen, dass wir noch eine zweite Katze aufnehmen sollen," antwortete die Mutter.

„Ja, ich möchte, dass Max bei uns lebt," erwiderte Vanessa kurz und knapp.

„Nun ja, Elli ist ein richtiger Goldschatz und eigentlich würde nichts gegen eine weitere Katze sprechen. Das würde Elli sicher freuen. Wir sprechen mit deinem Vater und wenn der nichts dagegen hat, können wir zu der Auffangstation fahren."

Schon zwei Tage später fuhr Vanessa mit den Eltern zur Auffangstation. Die Sommerferien hatten begonnen und Vanessa wollte mit Frau Lehmann dort mithelfen, allerdings wollte sie sich zuerst um Max kümmern. Frau Wilhelm hatte keine guten Nachrichten für sie. Max war schon beim Tierarzt, weil sich die Wunde entzündet hatte. Das verletzte Bein war nicht mehr zu retten und musste amputiert werden. Frau Wilhelm war froh, dass die Familie Max ein Zuhause schenken wollte. Die enge Bindung zu Vanessa und die Versorgung in seinem neuen Zuhause würden seine Genesung beschleunigen. Sie telefonierte mit der Tierarztpraxis. Vanessa und ihre Eltern würden Max, sobald er entlassen wurde, abholen. Natürlich wollte Vanessa sofort nach Max sehen und so fuhr die Familie zur Tierarztpraxis. Dort angekommen bot sich ihnen ein jämmerliches Bild von dem unglücklichen Max, der noch benommen in einer Box lag. An der Stelle, an der sein verletztes Bein war, hatte Max nun einen dicken Verband.

Die Tierarzthelferin öffnet die Gittertür.
Vanessa streichelte Max und sprach
beruhigend auf ihn ein. Der Kater
richtete sich torkelnd auf und
schmiegte sich an Vanessa, die ihn
vorsichtig auf ihren Arm bettete.
„Wann kann ich Max mitnehmen,"
fragte Vanessa die Tierarzthelferin.
„Ich werde meinen Chef fragen,"
antwortete die Frau.
Der Tierarzt war kurze Zeit später bei
ihnen.
„Also die Heilung der Wunde wird
einige Zeit in Anspruch nehmen,"
sagte er. „In dieser Zeit müssen Sie
gut auf ihn achtgeben. Er darf sich
nicht überanstrengen, denn Max wird
lernen müssen, mit seinen drei Beinen
zurechtzukommen. Wir werden ihn
noch zwei oder drei Tag
hierbehalten. Im Moment bekommt er
ja noch über die Infusion
Schmerzmittel. Zu Hause können Sie
ihm die Schmerzmittel eingeben und
er braucht Unterstützung bei seinen
Gehversuchen. Ach ja, und Sie sollten
darauf achten, dass die Katzentoilette
leicht erreichbar ist. Max wird in der

ersten Zeit nicht im Streu scharren können, was bedeutet, dass Sie die Toilette penibel sauber halten müssen."

„Ich werde mich um ihn kümmern," versprach Vanessa. „Kann ich ihn morgen wieder besuchen?"

Der Tierarzt nickte. Vanessa bettete Max vorsichtig auf die weiche Decke. Der Kater war eingeschlafen.

Als Vanessa mit ihren Eltern nach Hause fuhr, sagte der Vater: „Hoffentlich haben wir uns da nicht zu viel vorgenommen."

Nach drei weiteren Tagen konnten sie Max abholen. Vanessa hatte neben ihrem Bett ein bequemes Lager für ihn eingerichtet. So konnte sie auch in der Nacht nach ihm sehen.

Als Vanessa Max zu Hause aus der Box nahm, war Elli sofort zur Stelle, um den Neuankömmling zu begrüßen. Max hatte überhaupt keine Scheu vor Elli.

„Die beiden kennen sich," sagte Vanessa zu ihren Eltern.

„Ja, es ist schon erstaunlich, wie vertraut die beiden sind," antwortete Vanessas Mutter nachdenklich.

Die Familie saß im Wohnzimmer und beobachte erstaunt, wie rührend sich Elli um den verletzten Max kümmerte. Max versuchte ein paar Gehversuche und Vanessa stützte ihn. Der tapfere Kater versuchte sich auf seinen drei Beinchen vorwärts zu bewegen und zu Vanessa Erstaunen gelang ihm das schon recht gut. Vanessa Vater hatte im Wohnzimmer eine weiche Matte und Decken ausgebreitet. Als Max von seinen Gehversuchen erschöpft war, legte sich Vanessa mit ihm auf das weiche Lager. So konnte Max bei ihnen sein, wenn sie im Wohnzimmer saßen. Es würde sicher noch einige Tage dauern, bis er hochspringen konnte.

In den nächsten Tagen machte Max erstaunliche Fortschritte. Elli wich nicht von seiner Seite und jeder in der Familie hatte den Eindruck, dass Elli sich liebevoll um Max kümmerte. Max lernte schnell mit seinen drei Beinchen zurechtzukommen. Es dauerte nicht lange, bis Max den Sprung auf das Sofa schaffte und den Garten eroberte. Vanessa, die mehrmals die Woche in der Auffangstation mithalf, freute sich, dass alles so gut klappte. Natürlich hatte Max längst die Herzen der Eltern erobert und niemand wollte den kleinen tapferen Kerl jemals wieder missen. Vanessas Vater, der oft zu Hause arbeitete, war glücklich über die Gesellschaft, die er nun hatte. Die beiden Katzen sorgten dafür, dass sein Arbeitstag nie langweilig wurde. Bei der Tierschutz AG nach den Ferien, überraschte Sabine sie mit einer großen Tasche voller Filztiere, die sie gebastelt hatte. Die kleinen Tierchen waren wunderschön und erhielten viel Bewunderungen, über die sich Sabine sehr freute. Auch Frau Lehmann hatte eine Überraschung für sie. Die Lehrerin hatte die Erlaubnis erhalten, im Einkaufscenter einen Kuchenverkauf zu machen. Die Kinder waren hellauf begeistert. Eltern, Omas, Tanten und wer ihnen sonst noch einfiel, sollten für den Kuchenverkauf Kuchen backen. Frau

Lehmann schlug vor, am Stand Waffeln zu backen und einen leckeren Punsch zu verkaufen. Die Vorschläge wurden einstimmig angenommen. Mit dem Kuchenstand wollten sie natürlich ihre Auffangstation unterstützen.

Am Wochenende machten sich Frau Lehmann, Vanessa, Franziska und Ben auf den Weg zu der Auffangstation. Frau Wilhelm freute sich über die fleißigen Helferinnen und Helfer. Als sie von dem geplanten Verkauf erfuhr, kullerten Tränen über ihre Wangen. Frau Lehmann, die all ihre Energie und viel Geld in die Auffangstation steckte, war dankbar über jede Hilfe.

Die Wochen bis zum Kuchenverkauf steckten voller Vorbereitungsarbeiten. Als der Samstag, an dem sie den Verkauf starten wollten, an den Himmel kam, wurden sie mit einem strahlend blauen Himmel belohnt. Viele Menschen strömten in das Einkaufszentrum und dieser Andrang sorgte dafür, dass der Stand bis zum Mittag restlos ausverkauft war. Einfach alles war weg! Stolze fünfhundert Euro hatte der Verkauf gebracht. Frau Lehmann, Vanessa und Ben wollten am Sonntag zur Auffangstation fahren und Frau Wilhelm das Geld überbringen. Frau Wilhelm würde für das Geld Futter und Katzenstreu kaufen.

Die nächste Woche hielt für Vanessa und ihre Eltern eine traurige Nachricht bereit. Oma Elena war überraschend ins Krankenhaus gekommen und kurz darauf verstorben. Vanessa war in Tränen aufgelöst. Oma Elena und Opa Wilhelm hatten einen kleinen Bauernhof. Vanessa hatte dort oft ihre Ferien verbracht. Opa Wilhelm war vor einem Jahr gestorben und nun war auch die geliebte Oma tot. In den nächsten Wochen war unendliche Trauer in ihrer Familie zu Hause. Für Vanessa waren die Besuche bei den Großeltern immer mit sehr viel Freunde verbunden. Sie liebte es, bei der Arbeit auf dem Hof mitzuhelfen. Besonders gerne half Vanessa bei der Versorgung der Tiere, die auf dem Hof lebten. Früher hatten die Großeltern ihren Lebensunterhalt mit dem Obst und Gemüse, das sie anbauten, verdient. Ihre Produkte waren sehr beliebt, weil sie großen Wert auf einen nachhaltigen biologischen Anbau legten. Oma Elena war eine große Tierfreundin. Immer wieder gab sie Tieren, die ohne ihre Hilfe im Schlachthof gelandet wären, ein Zuhause. So lebten Kühe, Schafe, Hühner, Gänse und drei Esel auf dem Bauernhof, die bis zu ihrem Ende von Oma Elena eine Rundumversorgung erhielten.

In den letzten Jahren hatten die Großeltern ihren Gemüseanbau auf den eigenen Bedarf und den Verkauf an wenige Stammkunden beschränkt. Sie wollten nun ihren Lebensabend genießen. Opa Wilhelm starb mit 93 und seine Frau, die zwei Jahre jünger war, folgte ihm ein Jahr später.

Eines Nachmittags, als Vanessa aus der Schule kam, fand sie ihre Eltern im Wohnzimmer. Ihre Gesichter waren traurig.

„Was ist los," fragte Vanessa.

„Ach Vanessa, es ist furchtbar. Wir wissen nicht, was wir tun sollen. Dein

Vater hat den Hof seiner Eltern geerbt und wir werden ihn wohl verkaufen müssen," erklärte die Mutter ihrer Tochter.

„Das dürft ihr nicht tun," empörte sich Vanessa. „Was soll aus den Tieren werden, die dort leben? Außerdem leben Mario und Franco schon so lange auf dem Hof. Wo sollen sie hin?"

„Darüber haben wir eben gesprochen. Mario und Franco haben jahrzehntelang für Oma und Opa gearbeitet. Sie gehören zur Familie," sagte der Vater betrübt.

„Genau! Ihr könnt den Hof nicht verkaufen," sagte Vanessa.

„Was sollen wir mit einem Bauernhof," entgegnete die Mutter. „Es gibt keinen anderen Weg. Der Hof muss verkauft werden."

„Wir könnten dort wohnen," sagte Vanessa.

Die Eltern blickten ihre Tochter aus großen Augen an.

„Wir haben hier ein schönes Haus und du wohnst in der Nähe deiner Schule und deinen Freunden. Möchtest du alles gegen ein Leben auf dem Land eintauschen," fragte die Mutter.

„Ja, bitte, ich würde gerne auf dem Hof leben," rief Vanessa.

„Na ja, so ein beschauliches Leben auf dem Land könnte ich mir auch vorstellen," pflichtete der Vater seiner Tochter bei.

Die Mutter blickte ihre Tochter und ihren Ehemann fassungslos an.

„Darüber muss ich jetzt erst mal nachdenken," antwortete sie. Die Möglichkeit, auf dem Bauernhof zu wohnen, hatte sie überhaupt noch nicht in Betracht gezogen. Damals, nach der Hochzeit, hatte sie mit ihrem Mann ein paar Jahre bei dessen Eltern auf dem Bauernhof gelebt. Beide hatten sie noch studiert und die Wohnung bei den Eltern war eine günstige Gelegenheit. Nach dem Studium waren sie in die Stadt gezogen. Die Besuche bei den Eltern auf dem Bauernhof waren zwar immer schön, doch dort zu wohnen, war für die junge Familie keine Alternative zu einem Leben in der Stadt. Vanessa wäre am liebsten sofort auf den

Bauernhof gezogen, doch ihre Eltern hatten viele Bedenken. Der Schulweg wäre länger und die Mutter hätte einen längeren Weg zu ihrer Arbeitsstelle. Für Vanessas Vater spielte dies keine große Rolle. Als Computerfachmann hatte er seine Arbeit in den letzten Jahren immer mehr nach Hause verlagert und heute fuhr er nur noch an wenigen Tagen im Monat in sein Büro.

„Das ist ein Zeichen," sagte Vanessa an einem Sonntagnachmittag, als sie wieder einmal heftig über die Zukunft des Bauernhofes diskutierten. „Ich würde so gerne wie die Menschen in meinem Buch leben und mich um arme Katzen kümmern. Außerdem hat mich Fridolin in meinem Traum um Hilfe gebeten."

„Aber Vanessa, das was du über die Katzen vom Fluss gelesen hast, ist doch nur eine Geschichte. Ich habe das Buch ja auch gelesen und war hin und weg von der Streuneroma, aber, wie gesagt, es ist nur eine Geschichte," erwiderte die Mutter und strich Vanessa liebevoll über den Kopf.

„Ja, aber das bedeutet doch nicht, dass wir nicht auch etwas für arme Tiere tun können," ereiferte sich Vanessa. „Was soll aus den Tieren werden, die auf dem Bauernhof leben und was sollen Franco und Mario tun?"

„Vanessa, ich verstehe deine Begeisterung für den Bauernhof von Oma und Opa, aber unser Leben passt nicht dorthin," versuchte die Mutter eine halbherzige Erklärung.

„Warum eigentlich nicht," schaltete sich ihr Mann in das Gespräch ein. „Ich kann mir eigentlich nicht vorstellen, den Bauernhof zu verkaufen. Es gibt dort so viele schöne Erinnerungen und meine Eltern haben ihre ganze Kraft und ihre ganze Liebe in den Bauernhof gesteckt."

Vanessa und ihre Mutter blickten den Vater, der ein nachdenkliches Gesicht aufgesetzt hatte, fragend an.

„Na ja, ich habe mich auf dem Bauernhof immer sehr wohlgefühlt, wenn wir dort zu Besuch waren oder wenn ich meine Eltern bei der Arbeit unterstützt habe. Der Gedanke, jetzt alles zu verkaufen, macht mich sehr traurig."

Vanessa freute sich natürlich über die Unterstützung ihres Vaters. Die Mutter war sprachlos. Die Möglichkeit, wieder auf dem Bauernhof zu leben, wollte nicht in ihre Vorstellung passen. Sie hatte sich immer auf die Besuche bei den Schwiegereltern gefreut und die Ruhe, die sie dort fand, war ein guter Ausgleich zu ihrem anstrengenden Job als Stationsärztin in einem Krankenhaus. Jetzt aber sah sie nur den langen Weg, den sie zu ihrem Arbeitsplatz in Kauf nehmen musste und diese Aussicht würde eine weitere Belastung für sie bedeuten.

Am nächsten Wochenende fuhr die Familie zum Bauernhof. Eine Entscheidung hatten die Eltern immer noch nicht getroffen. Sie wollten auf dem Hof nach dem Rechten sehen. Franco und Mario kümmerten sich um die Tiere und um das Gemüsefeld, das noch bewirtschaftet wurde. Als sie auf dem Hof ankamen, waren zwei

Frauen aus dem Ort gerade beim Einkauf. Franco packte Gemüse und Obst in ihre Taschen. Die Familie begrüßten Frau Wild und Frau Steinfeld, die sie gut kannten.

„Ich habe gehört, dass sie den Hof verkaufen wollen," sagte Frau Wild. „Das wäre so schade. Die Produkte vom Hof sind einfach wundervoll. Hoffentlich gibt es die nach dem Verkauf auch noch zu kaufen."

„Ich kann das nicht verstehen," wand sich Frau Steinfeld an Vanessas Vater. „Wie können Sie nur das Lebenswerk Ihrer Eltern aus den Händen geben?"

„Mein Arbeitsplatz ist viel zu weit von dem Bauernhof weg. Das wäre für mich eine große Belastung," verteidigte sich Vanessa Mutter.

„Och für Sie als Ärztin wäre hier im Dorf auch Platz. Unser Dr. Walther sucht verzweifelt nach einem Nachfolger oder einer Nachfolgerin, damit er endlich in seinen wohlverdienten Ruhestand gehen kann," berichtete Frau Wild.

Vanessas Mutter war überrascht angesichts dieser Information. Sie kannte Dr. Walther aus der Zeit, als sie mit ihrem Mann hier lebte und hatte vor ihrem Studium ein Praktikum bei ihm absolviert, um zu sehen, ob ein Medizinstudium das Richtige für sie war. Sie mochte den Landarzt, der keine Mühen für seine Patientinnen und Patienten scheute. Kein Hausbesuch war ihm zu viel und er hatte immer ein offenes Ohr für die Nöte der Menschen, die hier lebten. Vanessas Mutter musste in den nächsten Tagen noch oft an die Zeit bei Dr. Walther denken. Eigentlich hatte sie genauso arbeiten wollen wie er, doch im hektischen Krankenhausalltag war davon nichts übriggeblieben. Die Menschen kamen und gingen, für ein persönliches Gespräch blieb nur sehr wenig Zeit. Die Nöte und Sorgen ihrer Patientinnen und Patienten kannte sie schon lange nicht mehr. Sie behandelte die Krankheiten und das war's! So wollte ich eigentlich nie arbeiten, dachte Vanessas Mutter, als sie am Montagmorgen zur Klinik fuhr. Sie dachte an Vanessas Worte, dass das alles ein Zeichen war und obwohl sie die Worte der Tochter als Überredungsversuch abtat, waren sie jetzt in ihren Gedanken präsent. Was wäre, wenn sie Dr. Walthers Praxis übernahm? Wäre ihr Leben und das ihrer Familie dann nicht viel besser? Die Erschöpfung und Hilflosigkeit, die sie so oft während der Arbeit im Krankenhaus verspürte, bohrten sich plötzlich in ihr Denken. So oft hatte sie Menschen behandelt und sie in eine ungewisse Zukunft entlassen. Alte Menschen, die ohne Angehörigen zurechtkommen mussten, Kinder, bei denen sie ahnte, dass die Verletzungen in der Familie passiert waren. All diese Situationen hatten einen bitteren Nachgeschmack in ihr hinterlassen. Die Freude an ihrem Beruf war lange schon verloren gegangen. Als Ärztin im Krankenhaus musste sie funktionieren. Der Gewinn stand an erster Stelle!

Plötzlich wusste sie, dass die Worte ihrer Tochter nicht nur der Versuch, die Eltern zu einem Leben auf dem Land zu überreden waren. Vanessa hatte oft die Erschöpfung der Mutter wahrgenommen und sie getröstet. Während sie zum Krankenhaus fuhr, reifte eine Entscheidung, die das Leben der Familie umkrempeln würde, in ihr heran.

8. Kapitel

Vera war auf dem Weg zu ihrer Praxis. Sechs Monate waren vergangen und nie in ihrem Leben hatte sich eine Entscheidung, die sie getroffen hatte, so richtig angefühlt. Sicher, auch die Arbeit als Landärztin war oft anstrengend. Ihr Vorgänger hatte seine Patientinnen und Patienten oft zu Hause versorgt. Das hatte vor allem für die älteren Menschen, die nicht mehr so mobil waren, große Vorteile. Vera hatte die Hausbesuche ihres Kollegen weitergeführt. So kam es oft vor, dass sie nach der regulären Sprechzeit zu ihren Patientinnen und Patienten fuhr, die nicht in die Praxis kommen konnte. Sie bereute diese Mehrarbeit in keiner Weise. Im Krankenhaus hatte sie nicht selten Überstunden leisten müssen und nicht selten musste sie sogar Doppelschichten arbeiten. Die nervenaufreibende Arbeit in der Klinik hatte sie so oft an ihre körperlichen und seelischen Grenzen gebracht. Vera hatte sich in den letzten Monaten

ausgebrannt und hoffnungslos angesichts der vielen Leiden, die sie nicht lindern konnte, gefühlt. Hier auf dem Land war die schwere Last, die ihr die Freunde an ihrem Beruf raubte, von ihr abgefallen, dachte Vera auf ihrem Weg zu der Praxis, den sie zu Fuß zurücklegte. Sie liebte es, am Morgen und am Nachmittag zu Fuß zur Praxis und zurückzulaufen. Jetzt im Frühling war es besonders schön. Lebhafter Vogelgesang begleitete jeden ihrer Schritte. Heute Morgen war sie früh dran. So konnte sie sich noch etwas auf ihre Lieblingsbank setzen, dem Vogelgesang lauschen und über den bevorstehenden Arbeitstag nachdenken. Heute würde sie zu Oscar Wilde fahren. Sie kannte den Mann noch aus der
 Zeit ihres Praktikums und mochte ihn sehr. Herr Wilde war inzwischen über neunzig Jahre und lag fast nur noch im Bett. Veras Hausbesuche waren für seine Frau und ihn eine große Freude. Ein gedeckter Kaffeetisch wartete auf Vera, wenn sie zum Hausbesuch kam. Natürlich konnte Vera die aufwendigen

Hausbesuche nicht mit der Krankenkasse abrechnen, doch das war ihr egal. Sie mochte das Ehepaar sehr. Vera dachte, dass die Verbundenheit des Ehepaares ein großes Geschenk war. Die beiden verstanden sich ohne Worte und Frau Wilde tat alles, um ihrem Mann den Alltag so angenehm wie möglich zu gestalten. Herr Wilde war an Krebs erkrankt. Vera ahnte, dass ihm nicht mehr viel Zeit mit seiner Frau blieb. Eigentlich konnte sie nur noch seine Schmerzen lindern. Trotzdem fuhr sie jede Woche zu den beiden. So wie ihr Vorgänger. Die Besuche bei dem Ehepaar waren genauso wenig eine Belastung für Vera, wie auch die anderen Hausbesuche keine Belastung waren. Hier auf dem Land war alles noch überschaubar und familiär. Sie als Landärztin war schnell zu einem wichtigen Menschen innerhalb der Dorfgemeinschaft geworden. Die Menschen schätzten sie und waren froh, dass sie die Praxis übernommen hatte.

Vera war an diesem Morgen früher losgegangen, um noch etwas die Ruhe auf ihrer Bank zu genießen. Ich hätte es nie für möglich gehalten, wie sehr mir die Arbeit in der Klinik meine Lebensfreude geraubt hat, dachte Vera und streckte ihr Gesicht der wärmenden Frühlingssonne entgegen. In den letzten Jahren hatte sie in einer Blase aus Selbstbetrug gelebt. Sicher, das Geld, welches sie in der Klinik verdiente, war ein wichtiger Faktor gewesen, doch war es das wert? Finanziell ging es ihnen auch jetzt gut. Als Landärztin musste sie nicht am Hungertuch nagen, das Haus in der Stadt brachte ihnen eine hohe Miete ein und Frank verdiente als Computerfachmann auch nicht schlecht, obwohl er nur noch in Teilzeit arbeitete. Frank hatte sich entschieden, das Lebenswerk seiner Eltern fortzuführen. Mithilfe von Mario und Franco bewirtschaftete er die Gemüsefelder seiner Eltern. In den letzten Monaten hatten sie viel Arbeit investiert, denn seine Eltern hatten sich die letzten Jahre auf ein kleines

Gemüsefeld beschränkt. Die Männer hatten während der milden Wintermonate die Felder für die Aussaat im Frühjahr vorbereitet. Einen ehemaligen Schuppen hatten sie in einen kleinen Hofladen umgewandelt. Hier sollte ihre Kundschaft in Zukunft einkaufen. Vera hatte voller Bewunderung die Arbeiten auf dem Hof verfolgt. Nie hätte sie ihm so viel handwerkliches Geschick zugetraut und sie hätte nie erwartet, dass ihr gemeinsames Projekt eine Bereicherung für ihre Ehe werden konnte. Beschämt dachte sie an die Abende, wenn sie gestresst den Weg in ihr gemeinsames Zuhause fand und nur noch ihre Ruhe haben wollte. Frank hatte mit viel Geduld auf ihre Arbeitssituation Rücksicht genommen und nur hin und wieder darauf hingewiesen, dass sie unter ihrem Job mehr litt, als gut war. Vera hatte davon nichts hören wollen. Sie war mit Leib und Seele Ärztin und die Möglichkeit, in einer eigenen Praxis zu arbeiten, hatte sie nie in Erwägung gezogen. Die Arbeit in der Klinik gegen einen ruhigeren Job auszutauschen, war Ihr nie in den Sinn gekommen. Vera hatte nicht wahrgenommen, dass die Arbeit sie ausbrannte. Sicher wäre ihre Ehe irgendwann vorbei gewesen, obwohl Frank der geduldigste Mensch war, den sie kannte. In den letzten Monaten vor dem Tod seiner Mutter hatte er immer öfter seinen Unmut über Veras Überforderung, die damit verbundene Erschöpfung und ihre schlechte Laune geäußert. Vor ihren Töchtern hatten sie immer die perfekten Eltern gespielt, doch die Zeit, die ihnen als Paar blieb, war kaum noch vorhanden. Freie Zeit verbrachte Vera mit Schlafen und Frank saß vor seinem Computer oder unternahm etwas mit Vanessa. Die ältere Tochter wohnte weit weg. Hin und wieder kam sie zu Besuch. Jedes Mal, wenn sie bei ihnen war, bat sie um einen Gegenbesuch. Leider ließen sich die Besuche bei der Tochter nur selten einrichten, weil Vera, wenn sie frei hatte, völlig erschöpft war. Jetzt, in ihrem neuen Leben wusste Vera, dass sie alles richtiggemacht hatten. Sie hatte nicht nur ein erfülltes Leben als Ärztin gefunden, sondern in Dr. Walther einen Vertreter für ihre Praxis, wenn sie ein paar Tag Urlaub nehmen wollte. Dr. Walther, der sich im Ruhestand langweilte, kam oft vorbei, um zu helfen und übernahm gerne die Vertretung, wenn Vera mit ihrer Familie die ältere Tochter besuchen wollte.

Alles fühlte sich jetzt richtig an! Als Vera an Vanessas Traum dachte, musste sie sich eingestehen, dass dieser viel mit ihrem neuen Leben zu tun hatte. Elli und Max waren zu ihnen gekommen und aus ihrem Leben nicht mehr wegzudenken und sie hatten den Sprung in einen neuen Lebensabschnitt geschafft, der ihr die Lebensfreude zurückgebracht hatte. Eigentlich war Vera eine Frau, für die wissenschaftliche Erklärungen wichtig waren. Vanessas Beteuerungen, dass Elli und Max die Katzen aus ihrem Traum sind, hatten Vera und Frank oft belächelt. Sie hatten die Erklärungen mit der lebhaften Fantasie ihrer Tochter abgetan, doch tief in ihrem

Inneren dachte Vera, dass manche Dinge, die geschahen, nicht erklärbar sind. An diesem Morgen kam Vera, die alte Frau in den Sinn, die sie am Anfang ihrer Tätigkeit als Assistenzärztin betreut hatte. Sie suchte angestrengt nach dem Namen der Frau in ihren Erinnerungen, doch er wollte ihr nicht mehr einfallen. Jedenfalls hatte Vera damals großes Mitleid mit ihr, denn es war klar, dass sie in der Klinik nichts mehr für sie tun konnten. Die alte Dame war beim Einkaufen zusammengebrochen und die Diagnose im Krankenhaus lautete Krebs im Endstadium. Sie würde nur noch wenige Wochen leben. Möglicherweise wäre die Frau, deren Vorname Martha war, wie sich Vera jetzt erinnerte, einfach eines Tages in ihrer Wohnung gestorben. Martha hatte eine Therapie abgelehnt und der Hausarzt verschrieb ihr Medikamente, damit die Schmerzen erträglich waren. Vera erhielt vom Stationsarzt den Auftrag, mit Martha zu sprechen. Ein Leben allein in der Wohnung war nicht mehr möglich. Sie sollte ihre letzten

Tage in einem Hospiz verbringen. Im Krankenhaus konnten sie nur noch die Schmerzen lindern. Das war keine Rechtfertigung für einen weiteren Aufenthalt. Ein dicker Kloß saß in Veras Hals, als sie sich an das Bett der alten Frau setzte, um ihr von der anstehenden Verlegung in das Hospiz zu erzählen. Martha blickte Vera an und sie sah die Weisheit, die aus ihrem Blick sprach. Sie legte ihre Hand auf Veras Arm, den sie auf dem Bett abgelegt hatte und sagte:
„Ich möchte zurück in meine Wohnung."
Vera versuchte die alte Dame davon zu überzeugen, dass sie in den letzten Wochen auf Hilfe angewiesen sein würde und ein Leben allein in ihrer Wohnung nicht möglich war.
„Aber Kind, ich bin doch nicht allein," sagte Martha mit fester Stimme.
„Jeden Tag kommen meine Täubchen zu Besuch, um sich ihr Futter abzuholen. So lange ich lebe, werde ich für sie sorgen."
Die Worte der Frau, die sie mit einer Bestimmtheit, die endgültig war,

aussprach, machten Vera sprachlos. Mit Tränen in den Augen verließ Vera das Zimmer. Was sollte sie der alten Frau antworten? Wie sollte sie ihr diesen letzten Willen ausreden?

Später suchte sie das Gespräch mit Simone, die schon lange als Krankenschwester im Krankenhaus arbeitete.

„Vera, du musst morgen früh noch mal mit der Dame reden. Die Verlegung ist für den Nachmittag geplant. Sie kann nicht zurück in ihre Wohnung," sagte Simone.

Mit einem unguten Gefühl ging Vera am nächsten Morgen erneut zu Mathilde. Als Vera leise die Tür öffnete, fiel ihr Blick auf das Bett, in dem Martha mit geschlossenen Augen lag. Bevor Vera an das Bett herantrat, fiel ihr Blick auf das Fenster, das neben dem Bett war. Vera sah drei Tauben, die vor dem geschlossenen Fenster saßen. Sie konnte an diesem Morgen nur noch den Tod der alten Frau feststellen. Wie in Trance öffnete Vera das Fenster. Die drei Tauben flogen wie selbstverständlich in das

Zimmer und setzten sich auf den Körper der toten Frau. Vera sank auf den Stuhl und beobachtete die Vögel. Es war, als nähmen sie Abschied, bevor sie aus dem geöffneten Fenster flogen. Vera saß noch eine Weile an dem Bett der toten Frau. Als sie das Zimmer verließ, beschloss Vera, das Gesehene mit niemanden im Krankenhaus zu teilen. Sicher würde ihr niemand glauben.

Damals war sie fest davon überzeugt, dass die Tauben, die viele Jahre ihr Futter von Martha erhalten hatten, gekommen waren, um sich von ihr zu verabschieden. Vielleicht, dachte Vera, haben sie Martha über die Regenbogenbrücke begleitet. Die Regenbogenbrücke, die ihre Tochter in ihrem Traum gerettet hatte. Lediglich ihrem Mann hatte sie die Geschichte erzählt. Sie war so unglaublich und Vera wollte sich nicht lächerlich machen. Frank hatte ihr auch nicht geglaubt. Er war der Meinung, dass sie die Begegnung mit den Tauben nur geträumt hatte. Vera schwieg. Die Geschichte war, wenn sie sie nüchtern betrachtete, auch sehr unglaubwürdig. Ein paar Tage später war sie Frau Mischke auf dem Krankenhausflur begegnet. Die polnische Reinigungskraft war durch ihre liebenswürdige Art bei allen beliebt. Frau Mischke verstrahlte immer gute Laune. Nie hatte man sie bei ihrer Arbeit mit einem betrübten Gesicht gesehen.

„Haben Sie gesehen, Frau Doktor, die Tauben waren bei der Frau in Zimmer 203," sagte sie zu Vera.

Vera schaute die Frau überrascht an.

„Sie haben die Tauben auch gesehen," fragte sie leise.

„Türlich, Vögel sind zu Frau gekommen, um Lebewohl zu sagen," erwiderte Frau Mischke.

Vera hatte sich von der Bank erhoben. Sie musste in die Praxis. Warum war ihr die Geschichte mit den Tauben, die sie auch heute noch tief berührte, an diesem schönen Morgen in den Sinn gekommen? Vanessa und ihr Traum, dachte Vera, der genauso unglaublich war wie die Geschichte mit der alten Frau und ihren Tauben, die gekommen waren, als das Leben ihren Körper verließ. Vanessa hat eine enge Bindung zu Tieren, dachte Vera. Oft fuhr sie in ihrer Freizeit zu der Auffangstation von Frau Wilhelm. Sie hatte ihre Eltern gebeten, einige Katzen, für die es keine Vermittlungschancen gab, auf dem Bauernhof ein Zuhause zu schenken. Vielleicht sollten wir Vanessas Wunsch erfüllen, dachte Vera und betrat die Praxis. Frank und sie hatten die Entscheidung auf einen späteren Zeitpunkt verschoben und Vanessa hatte geduldig gewartet. Der Umzug und die erste Zeit auf dem Bauernhof hatten der Familie viel abverlangt. Inzwischen hatte sich die Familie in ihrem neuen Leben zurechtgefunden. Vanessa wäre aus dem Häuschen, wenn die Katzen, von denen sie nach jeder Mithilfe in der Auffangstation erzählte, weil sie ihr in der Seele leidtaten, bei ihnen leben konnten. Die Katzen, um die sich Vanessa liebevoll kümmerte, hatten nur wenige Chancen, die Auffangstation zu verlassen. Das war nicht nur schlimm für die Katzen. Frau Lehmann benötigte dringend freie Plätze. Die Not war überall groß. Vera nahm sich vor, am Abend mit Frank zu sprechen. Sie hatten so viel Platz auf dem Bauernhof und Elli, Max und die anderen Tiere, die auf dem Bauernhof lebten, waren nicht mehr aus ihrem Leben wegzudenken. Warum sollten sie da nicht ein paar armen Katzen ein Zuhause schenken? Vanessa wäre überglücklich und Hilfe bei der Versorgung der Tiere hatten sie auch. Vanessa half schon bevor sie zur Schule musste und am Abend bei der Versorgung ihrer Tiere. Franziska und Ben kamen oft vorbei, um zu helfen. Den Kindern ist es sehr ernst, im Tierschutz zu helfen, dachte Vera und betrat das Behandlungszimmer. Ich werde mich für das Anliegen meiner Tochter starkmachen, dachte Vera, als sie ihren Kittel anzog. Mit Gegenwind durch Frank ist nicht zu rechnen, dachte Vera und ein Lächeln huschte über ihr Gesicht. Frank konnte seiner Prinzessin ohnehin nicht widerstehen.

Zufrieden mit ihrer Entscheidung, die sie an diesem Morgen getroffen hatte, widmete sich Vera ihrer ersten Patienten, die das Behandlungszimmer betreten hatte. Alles fühlte sich richtig an, dachte Vera und schenkte Frau Kroll, die wegen ihres Bluthochdrucks zu ihr gekommen war, ein freundliches Lächeln.

Vanessa liebte ihr neues Leben auf dem Land. Die Versorgung der Tiere und die Mithilfe beim Gemüseanbau bereiteten ihr große Freude. Elli und Max, die die ersten Wochen panisch vor jedem Besucher auf dem Hof geflohen waren, waren jetzt immer präsent, wenn der Hofladen geöffnet war. Ihr Vater sagte oft, dass die beiden Katzen sehr fleißig mithalfen. Das sagte er nicht nur zum Scherz, denn Elli und Max waren zu den Lieblingen der Kundschaft im Hofladen geworden. So manch eine Kundin oder Kunde kam immer, wenn der Hofladen geöffnet hatte, auf einen Sprung vorbei, um die beiden Katzen zu sehen.

Der Vater freute sich sehr über Vanessas Hilfe, obwohl er manchmal zur Sprache brachte, dass sie mit der Schule, der Hilfe auf dem Hof und ihrem Einsatz in der Auffangstation zu wenig freie Zeit hatte.

„Aber Papa, die Schule mache ich mit links und das, was ich hier auf dem Hof oder in der Auffangstation tue, ist meine freie Zeit. Ich bin glücklich, wenn ich mich mit Tieren beschäftigen kann," sagte Vanessa lachend, wenn der Vater seine Bedenken äußerte.

Dreimal die Woche fuhren Vanessa, Franziska und Ben mit Frau Lehmann zu der Auffangstation, um dort mitzuhelfen. Ohne Frau Lehmann, die sie mit ihrem Auto mitnahm, wäre für Vanessa die Mithilfe in der Auffangstation schwierig gewesen. Die Fahrt mit öffentlichen Verkehrsmitteln gestaltete sich hier auf dem Land schwierig. Die lange Fahrt mit dem Bus hätte die Zeit in der Auffangstation sehr beschränkt. Dank der Lehrerin war das aber kein Problem. Die Kinder fuhren jeden Mittwoch mit zur Auffangstation. An diesem Tag war die Tierschutz AG. Im Anschluss fuhren sie zu der Auffangstation . Samstag und Sonntag nach dem Mittagessen fuhr Vanessa ebenfalls mit ihrer Lehrerin zur Auffangstation. Franziska und Ben fuhren hin und wieder mit. Sie mussten in ihrer freien Zeit oft lernen, um den Stoff in der Schule zu bewältigen.

Inzwischen kannte Vanessa die Katzen von Frau Wilhelm sehr gut und konnte selbstständig die Versorgung einiger Katzen übernehmen. Vanessa kümmerte sich um die Katzen, die in einem Schuppen mit großem Freilauf untergebracht waren. Im Moment waren dort vier Katzen, die in diesem Bereich lebten, weil Frau Wilhelm ihnen ein angenehmes Leben mit viel Auslauf ermöglichen wollte. Die Hoffnung, dass Pan, Leo, Toffy und Mina jemals ein Zuhause finden konnten, hatte Frau Wilhelm aufgegeben. Menschen, die zu der Auffangstation kamen, um einer Katze ein Zuhause zu schenken, übersahen die behinderten Katzen, die sich so sehr nach Zuwendung sehnten. Frau Wilhelm hörte oft, dass die Katzen so süß wären, doch ihnen ein Zuhause zu schenken, kam nicht infrage. Unversehrte Katzen, die lieb und unkompliziert waren, erhielten den Vorzug.

Vanessa kümmerte sich, so oft sie konnte, um die vier Katzen, die niemand adoptieren wollte. Die blinden Katzen Pan und Toffy und die dreibeinige Mina hatten Vanessa auf Anhieb akzeptiert und liebten es, mit ihr zu kuscheln. Bei Leo hatte es länger gedauert. Ihn hatte man aus einem vermüllten Haus gerettet. Niemand wusste, wie lange der unterernährte Kater bis zu seiner Rettung dort ausharren musste. Sein Besitzer hatte ihn ohne Futter und Wasser im Müll zurückgelassen. Vielleicht hatte er den armen Kater auch schlecht behandelt. Leo reagierte panisch auf Menschen. Es dauerte Wochen, bis Vanessa sein Herz erobert hatte. Pan und Toffy hatten aufmerksame Menschen auf der Straße gefunden. Die Augen beider Katzen waren stark entzündet und vereitert. Um ihnen weitere Schmerzen zu ersparen, mussten ihre Augen, die verkümmert und blind waren, entfernen werden. Das gemeinsame Schicksal hatte die beiden in der Auffangstation zusammengeschweißt. Vanessa hatte sich sofort in die beiden Katzen, die für jede Zuwendung so dankbar waren, verliebt. Pan und Toffy hatten sich schnell mit Mina angefreundet. Mina war von Jugendlichen zu dem Tierarzt, der die Katzen der Auffangstation versorgte, gebracht worden. Das arme Tierchen war von einem Auto angefahren worden und der verantwortungslose Mensch hatte die schwer verletzte Katze auf der Straße zurückgelassen. Es dauerte lange, bis Mina, die mehr tot als lebendig beim Tierarzt angekommen war, sich erholte. Ein Beinchen, das wohl unter die Räder des Autos geraten war, konnte nicht gerettet werden. Als es der zierlichen Mina besser ging, kam sie in die

Auffangstation, wo sie von Frau Wilhelm liebevoll gepflegt wurde. In Vanessa war schnell die Idee gereift, den schwer vermittelbaren Katzen auf dem Bauernhof ein Zuhause zu schenken. Sie hatte ihren Wunsch mit den Eltern besprochen. Die Zustimmung hatte sie noch nicht. Der Umzug und die erste Zeit in ihrem neuen Leben waren sehr aufregend und arbeitsintensiv gewesen. Jetzt war Ruhe eingekehrt. Vanessa hatte mit ihrer Mutter gesprochen. Sie hatte Vanessa vertröstet. Jetzt wollte Vanessa endlich eine Entscheidung! Der darauffolgende Mittwoch bot eine gute Gelegenheit. Die Mutter war am Nachmittag im Hofladen. Die Praxis hatte am Mittwochnachmittag geschlossen. Vanessa war schon früh von der Schule zurück. Die Fahrt zur Auffangstation hatte Frau Lehmann auf den Donnerstag verschoben. Sie musste sich am Mittwochnachmittag um ihre Mutter kümmern, die erkrankt war. Frau Lehmann wollte Einkäufe für sie erledigen. Zwei Lehrer waren ebenfalls erkrankt und der Unterricht fiel aus. Vanessa nutzte die Gelegenheit, um ihrer Mutter im Hofladen zu helfen. Sicher ergab sich die Gelegenheit, über die vier Katzen, denen sie ein Zuhause schenken wollte, zu sprechen. Ihre Mutter, die den Einsatz ihrer Tochter immer wieder lobend erwähnt hatte, wäre hoffentlich leicht zu überzeugen.

Als Vanessa den Hofladen betrat, war ihre Mutter in ein Gespräch mit Frau Hofmeister vertieft. Während Frau Hofmeister Elli und Max, die natürlich auch mit von der Partie waren, streichelte, sagte sie:

„Ich freue mich immer, diese beiden Goldschätze zu sehen. Wissen Sie, dass ich nur wegen Elli und Max jeden Nachmittag, an dem geöffnet haben, zum Hofladen komme. Ich weiß schon nicht mehr, was ich kaufen soll."

„Sie kommen immer, wenn unser Hofladen geöffnet ist, um Elli und Max zu sehen," wunderte sich Vera.

„Ja, eigentlich brauche ich nicht so viel Obst und Gemüse. Ich lebe ja ganz allein. Inzwischen verschenke ich die Lebensmittel, die ich kaufe, an eine

Familie in der Nachbarschaft. Wissen Sie, Frau Doktor, das ist eine ganz nette Familie aus Russland mit vier Kindern. Sie freuen sich immer, wenn ich ihnen was schenke und der Mann hilft mir, wenn ich Reparaturen in der Wohnung habe. Ach, und manchmal laden sie mich zum Kaffee ein. Das ist eine schöne Abwechslung in meinem langweiligen Alltag," plapperte Frau Hofmeister drauf los.

„O, da haben Elli und Max doch alles richtiggemacht, Frau Hofmeister," lachte Vera. Sie haben eine nette Familie kennengelernt, die sich über Ihre Hilfe freut. Natürlich müssen Sie hier nicht immer etwas kaufen, um unsere beiden Süßen zu sehen, Frau Hofmeister. Elli und Max freuen sich, wenn sie ein paar Streicheleinheiten bekommen."

Als Frau Hofmeister den Hofladen verlassen hatte und Vanessa endlich ihre Chance gekommen sah, ihr Anliegen mit der Mutter zu besprechen, sagte diese plötzlich: „Wie wäre es, wenn wir hier auf dem Hof einen kleinen Kaffeetreff

einrichten würden. Da würden sich einsame Menschen wie Frau Hofmeister sicher wohlfühlen. Wie findest du meine Idee, Vanessa."
„Ja, das wäre sicher schön," erwiderte Vanessa, die ihre Chance, mit der Mutter über die vier Katzen zu sprechen, schwinden sah. Wenn ihre Mutter eine neue Idee hatte, war sie nicht mehr zu bremsen. Da waren sich Mutter und Tochter sehr ähnlich. Vera war von ihrer Idee hellauf begeistert und plante bereits die Renovierung des Zimmers im Erdgeschoss, für das sich bisher keine Verwendung gefunden hatte.
"Weißt du was Vanessa, ich habe vor Kurzem von einem Cafe gelesen, in welchem Katzen zu Hause sind. Die Besucher kommen dorthin, um sich mit den Katzen, die dort leben, zu beschäftigen. Das könnten wir hier auch machen. Vielleicht würde sich Frau Hofmeister bereit erklären mitzuhelfen. So hätte sie eine Beschäftigung und könnte mit Elli und Max schmusen," sprudelte es aus Vanessas Mutter.

Am liebsten hätte Vera mit der Renovierung sofort begonnen. Als Frank kam, wurde er in ihre Pläne eingeweiht. Frank fand die Idee seiner Frau sehr gut. Ein Kaffeetreff hier auf dem Hof wäre für die älteren Menschen im Dorf, die zum Teil allein lebten, sicher eine große Bereicherung.

Vanessa, die das Gespräch der Eltern verfolgt hatte, entschied sich dafür, ihr Anliegen mit den Eltern zu besprechen.

„Was haltet ihr davon, wenn wir die vier Katzen, die ich in der Auffangstation immer versorge, hier aufzunehmen. Ein Kaffeetreff mit Katzen braucht schließlich Katzen," sagte sie und blickte ihre Eltern erwartungsvoll an. Vanessa befürchtete, dass diese wenig von ihrem Vorhaben hielten.

„Das ist eine gute Idee, Vanessa," erwiderte ihre Mutter. „Unser Kaffeetreff braucht Katzen. So könnten wir nicht nur den älteren Herrschaften helfen, sondern auch den armen Katzen."

Vanessa war sprachlos. So einfach hätte sie sich das nicht vorgestellt. Jetzt musste nur noch ihr Vater von Vanessas Idee überzeugt werden, doch das war nicht so einfach. Ihr Vater hatte Bedenken. Ob ein Kaffeetreff mit Katzen hier auf dem Dorf Erfolg haben würde, konnte er sich schwer vorstellen, obwohl er die Idee gut fand. Schließlich stimmte er zu. Die Begeisterung von Vanessa und Vera war nicht zu bremsen.

„Ihr wollt hier ein Kaffeetreff mit Katzen betreiben," fragte Frank. „Ihr wisst schon, dass wir hier am Ende der Welt wohnen. Das könnt ihr nicht mit den Möglichkeiten in der Stadt vergleichen."

„Ja Frank, das war vielleicht etwas hochtrabend. Ich möchte einfach Menschen, die alleine leben oder nicht wissen, was sie mit ihrer Freizeit anfangen sollen, die Möglichkeit bieten, aus ihrer Einsamkeit raus zu kommen," erklärte Vera ihrem Mann.

„Na ja und Vanessa möchte Katzen helfen, die nur wenige

Vermittlungschancen haben. Ich finde, unsere Idee kann funktionieren!"

„Ich wollte eure Idee nicht schlecht reden," beeilte sich Frank zu sagen. „Ich denke an die viele Arbeit, die wir jetzt schon haben. Da käme noch neue Arbeit auf uns zu."

„Daran habe ich auch gedacht. Ich könnte mit Frau Hofmeister sprechen. Sie hat mir heute erzählt, dass sie immer, wenn der Hofladen geöffnet hat, wegen Elli und Max zum Einkaufen kommt. Stell' dir vor, Frau Hofmeister verschenkt einen Teil der Waren an eine Familie in ihrer Nachbarschaft, die nur wenig Geld hat. Vielleicht hätte sie Spaß daran mitzuhelfen. Im Gegenzug könnten wir ihr Obst und Gemüse für die Familie mitgeben," sagte Vera.

„Das ist ja wirklich nett von Frau Hofmeister. Ich wusste nicht, dass sie in unsere zwei Lieblinge so vernarrt ist," lachte Frank. „Okay, ich bin dabei, wenn wir die Öffnungszeiten am Anfang auf dreimal die Woche beschränken und Frau Hofmeister mithilft."

So war die Kuschelstube, wie sie ihre neue Idee nennen wollten, beschlossene Sache. Vera und Vanessa gingen am späten Nachmittag zu Frau Hofmeister, um ihr von ihrem Vorhaben zu erzählen. Der Hofladen, der nur zweimal in der Woche und am Samstagmorgen geöffnet hatte, war inzwischen geschlossen. Frau Hofmeister staunte nicht schlecht, als Vanessa und ihre Mutter vor ihrer Tür standen. Sie bat die beiden in ihre gemütliche Wohnung und machte sich daran, Kaffee zu kochen. Zufällig hatte sie am Morgen einen Kuchen für ihre Familie gebacken. Jetzt sollten Vanessa und ihre Mutter ihn unbedingt probieren. Vanessa und Vera, die sich ja inzwischen vegan ernährten, machten eine Ausnahme und nahmen ein Stück von dem Kuchen.
Frau Hofmeister staunte nicht schlecht, als Vera ihr von ihrem Vorhaben erzählte. Sie war sofort Feuer und Flamme.
„Frau Doktor, Sie können sich nicht vorstellen, wie froh ich über eine

Aufgabe wäre. Mein Leben ist so furchtbar einsam, seit mein geliebter Mann von mir gegangen ist. Ich freue mich immer, wenn die Kinder der Nachbarn zu mir kommen oder wenn ich zu einer Tasse Kaffee eingeladen werde. Das ist immer sehr schön, doch leider ist die Verständigung schwierig," redete Frau Hofmeister munter drauf los und ihr Gesicht strahlte.

„Das Frau Doktor lassen wir jetzt ganz schnell weg. Schließlich werden wir sozusagen Kolleginnen," lachte Vera. „Ich bin Vera und meine Tochter Vanessa kennen sie sicher vom Hofladen. Vanessa hilft in einer Auffangstation für Katzen mit und möchte vier Katzen, die behindert sind und nur wenige Chancen auf eine Vermittlung haben, aufnehmen."

„Das ist eine schöne Idee, Vanessa," freute sich Frau Hofmeister. „Ich liebe Katzen über alles. Früher hatten wir auch immer Katzen, doch seit mein letzter Kater gestorben ist, wollte ich keine neuen Katzen mehr aufnehmen.

Ich weiß ja nicht, wie lange ich noch lebe."

„Mit ihrer Energie werden Sie hundert Jahre Frau Hofmeister," lachte Vera.

„Ich bin Ilse. Schließlich sind wir ja jetzt Kolleginnen," entgegnete Frau Hofmeister lachend.

Es dauerte nicht lange und der ungenutzte Raum in ihrem Haus erstrahlte in neuem Glanz. Ilse rührte im Ort fleißig die Werbetrommel und so war es nicht verwunderlich, dass die Kuschelstube gut besucht war. Die Dorfbewohnerinnen und Dorfbewohner waren stolz, dass es in ihrem Dorf so etwas Modernes gab. Frau Lehmann und ihre Schülerinnen und Schüler, die inzwischen im Internet eine Seite für die Auffangstation erstellt hatten, machten Werbung für die Kuschelstube. Vanessa stellte eine Spendendose für die Katzen der Auffangstation auf die Theke. So dauerte es nicht lange, bis Gäste anreisten, nur um die Kuschelstube zu besuchen. Darüber freuten sich die Familien, die Pensionszimmer hatten und das Hotel in der Nähe freute sich ebenfalls über Gäste, die wegen der Kuschelstube kamen.

Frau Hofmeister hatte zwei Freundinnen für die Kuschelstube begeistern können. So kam es, dass sie jeden Nachmittag öffnen konnten. Jeder, der kam, fühlte sich pudelwohl, was nicht nur an den bezaubernden Katzen lag, die sich von ihren Fans gerne verwöhnen ließen. Neben Kaffee, Tee und Kaltgetränken gab es auch jeden Tag selbst gebackenen Kuchen. Die Möglichkeit, frisches Obst und Gemüse zu kaufen, wurde ebenfalls gerne genutzt.

Vanessa hatte ihre vier Schützlinge wenige Tage, nachdem die Idee für den Kaffeetreff geboren war, auf den Bauernhof gebracht. Pan, Toffy und Mina hatten sich schnell eingewöhnt, während Leo den Kontakt zu Menschen, die ihm fremd waren, mied. Vanessa vertraute er. Vanessa kümmerte sich rührend um die vier, die im Moment das Haus noch nicht verlassen durften. Sie sollte erst das Haus kennenlernen, bevor sie nach draußen durften. Zum Glück gab es um das Bauernhaus herum eine Mauer. Die behinderten Katzen waren so nicht in Gefahr. Elli und Max hatten nie versucht, das Gelände zu verlassen. Vanessas Großvater hatte die Mauer, die aus losen Steinen bestand, für seine Frau, die sie bepflanzen wollte, gebaut. Vanessas Vater hatte ihr vom Bau dieser Mauer, die zwei Jahre dauerte, erzählt. Durch Omas Bepflanzung war aus der Mauer ein richtiger Garten geworden. Viele Menschen, die auf den Hof kamen, waren voller Bewunderung für Omas Werk. Vanessa war froh, dass die Mauer ihre Katzen vor dem Weglaufen schützte. Sie hätte sonst keine ruhige Minute gehabt. Die Großeltern hatten den Schutz der Mauer genutzt, um Hühner und Gänse einen Freilauf zu ermöglichen. Die Tiere lebten immer noch auf dem Bauernhof und hatten schnell gelernt, sich mit den Katzen zu arrangieren. Ein großes Schild an der Tür wies Gäste darauf hin, die Tür unbedingt geschlossen zu halten. Opa, der handwerklich geschickt war, hatte eine Vorrichtung gebaut, die die Tür automatisch schloss, wenn jemand den Hof betrat. So mussten sie sich keine Sorgen um die Tiere machen. Die Schafe, Ziegen, Kühe und Schweine, die auf dem Hof ein Zuhause gefunden hatten, bewohnten einen großen Stall außerhalb des geschützten Geländes. Die Schafe, Kühe und Schweine konnten, wann immer sie wollten eine große Wiese, die durch einen Zaun in zwei Weiden unterteilt war, nutzen. So gab es immer genügend frisches Gras für sie. Die Schweine waren in einem anderen Stall untergebracht. Hier gab es nicht nur eine große Wiese, sondern auch ein Schlammloch, in dem sich die Schweine nach Herzenslust suhlen konnten. Die Schweine teilten den Stall mit den Kaninchen, die hier lebten. Auch für die Kaninchen war ein Teil der Wiese abgegrenzt, auf der sie nach Herzenslust toben konnten. Meistens übernahm Vanessa die Aufgabe, die Schafe, Kühe und Schweine zu versorgen und für die Kaninchen morgens den Stall zu öffnen, in dem sie die Nacht verbrachten. Am Abend mussten die Kaninchen zurück in den Stall. So waren die putzigen Tierchen vor Füchsen und Co. geschützt.

An einem Abend begleitete Vera ihre Tochter zu den Tieren. Bei den Kühen und Schafen angekommen, wurden sie von Kuhchen begrüßt. Die Oma hatte das Kälbchen mit der Flasche großgezogen. Das arme Tier war mehr tot als lebendig auf die Welt gekommen und hatte es nicht geschafft aufzustehen. Der verantwortungslose Bauer hatte es einfach auf der Weide zurückgelassen. Zum Glück hatte ein junges Pärchen das Kalb gefunden und die Oma, die im ganzen Dorf für ihre Tierliebe bekannt war, informiert. Oma war mit einem Handwagen losgezogen und hatte das Kalb gerettet. Während Vera und Vanessa ausgiebig Streicheleinheiten und Karotten verteilten, sagte die Mutter. „Ich hätte es nie für möglich gehalten, dass wir hier so ein schönes Leben haben. Ich glaube, dein Traum hat unser Leben verändert."

„Ja, und das, obwohl ihr mir am Anfang nicht glauben wolltet. Eines Tages werde ich so wie die Streuneroma in meinen Büchern leben," erwiderte Vanessa.

„Na, für eine Oma bist du noch viel zu jung," lachte Vera.

„Du weißt schon, wie ich das meine," entgegnete Vanessa. „Ich möchte mein Leben den Tieren widmen. Vielleicht werde ich ja Tierärztin und dann könnte ich die Tiere hier in der Umgebung behandeln."

„Ja Vanessa, ich wollte mich nicht über dich lustig machen. Du wirst deinen Weg gehen. Weißt du, dass ich auch überlegt habe, Tiermedizin zu studieren," sagte Vera.

„Warum hast du das nicht getan," wunderte sich Vanessa.

„Ich habe mich dann anders entschieden," sagte Vanessas Mutter nachdenklich. „Seit wir hier auf dem Hof leben, weiß ich erst, wie gerne ich mich mit Tieren beschäftige."

„Zum Glück konnte ich euch überzeugen, hier auf dem Hof zu leben. Ab und zu ist es schon gut auf seine Kinder zu hören," scherzte Vanessa.

„O ja, besonders. wenn man eine schlaue Tochter wie dich hat," erwiderte Vera und legte den Arm um Vanessas Schulter.

Alles ist wundervoll, dachte Vera. Endlich war sie ihrem alten Leben, das so belastend für sie war, entronnen.

„Gehen wir zu den Schweinen," sagte Vera.

Gemeinsam versorgten Vera und Vanessa auch noch diese Tiere. Auf dem Rückweg machten sie noch einen Spaziergang durchs Dorf und setzten sich auf Veras Lieblingsbank. Die Sonne ging unter und tauchte den Himmel in atemberaubende Rottöne.

„Was haben wir so alles in unserem alten Leben versäumt," sagte Vera. Fridolin, Elli und Max haben dafür gesorgt, dass jetzt alles gut ist," sagte Vanessa.

Mutter und Tochter saßen auf der Bank, bis die Sonne untergegangen war und die Geräusche der Nacht zu ihnen drangen. Glücklich machten sie sich auf den Heimweg.

Der Erlös meiner Bücher kommt Straßenkatzen zugute. Folgende Bücher sind erschienen:

Tinka und Mia: Wir Katzen vom Fluss

Tinka und Mia: Wir Katzen vom Fluss (Erinnerungen)

Tinka und Mia: Wir Katzen vom Fluss (In einer Neuen Zeit)

Ein kleiner Tiger im Herbst